Presents

story by Mitsuyo Kakuta

illustration by Taiko Matsuo

Futabasha Publishers Co.,Ltd.

Presents

小説　角田光代
絵　松尾たいこ

目次

ブックデザイン　鈴木成一デザイン室

Presents #1

名前

なまえのゆらい、というタイトルで作文を書く宿題があった。たしか、十歳か、十一歳のころだ。家に帰って、私は母に自分の名前の由来を訊いた。

あなたが生まれたのは春だったから、春子なのだと、じつにそっけなく母は答え、それまであんまり好きじゃなかった自分の名前が、ますますきらいになった。

地味だし、どことなく年寄りじみている。はるこ、と聞いても読んでも、自分がありふれた子どものような気分になった。ありふれた、退屈な未来が待ち受けているような気がした。春だから春子、というそのシンプルな理由も、ますますもって、退屈さに拍車をかけた。

今みたいに耳新しい名前はほとんどない時代で、クラスメイトにも、地味な名前の子どもは多かった。ヨシエ、ミツコ、ノリコ、ヒサエ。それでも何人か、私には華やかに思える名前の子もいた。エリカ、リリコ、ルナ、ナツミ。

あのとき、自分がどんな作文を書いたのだったか、よく思い出せない。覚えているのは、ヒサエという、私と変わらぬ渋い名前の子の作文だった。

比佐江のヒは、したしむ、という意味があります。ヒサエのサは、たすける、という意味があります。ヒサエのエは、長く、おおきな川という意味があります。おとうさんとおかあさんは話し合って、ゆったりと流れる川のように、人を助け、支え、また人に親しまれる人間に育ってもらいたいと、このなまえにきめたそうです。

読み上げられる作文に、度肝を抜かれた。そんなに考え抜かれた名前だったなんて。

驚いたのはヒロユキの作文だった。父と母は新婚旅行でハワイにいった、ハワイの海を見て、いつか子どもがうまれたら海を意味する洋という字をつかおうと決めていた。ハワイみたいに美しくて広い海を進んで行けるような子になるようにと願ってつけた、それが洋行というぼくの名です、というのが彼の作文だった。スカートめくりがほとんど趣味になっているいたずら坊主の名前に、そんなロマンチックな意味があったなんてと、さらにショックを受けた。

それにくらべて私はどうだ。春だから春子。なんにも考えていないことがばればれの、頭の悪そうな名前。黒い犬にクロと名づけるのと、たいして変わらないじゃないか。

春子なんて名前は捨ててしまおうと、そのとき決心した。そうしてこっそり、ノートの裏に新しい名前を書いてみた。

春菜。春海。春香。春枝。うっとりした。春の海、という文字が気に入って、友達に私は言ったものだった。今日から私は春海になります。お手紙をくれるときは、あてなにちゃんと春の海と書いてねと。

しかし私は春子だった。どうしたって春子だった。春子のまま思春期を迎え、春子のまま大人になった。地味で、シンプルで、退屈な大人になった。

結婚したのは三十一歳のときだ。

結婚する前に、二度ほど恋愛をした。一度目は大学生だった。相手はクラスメイトの男の子で、神崎龍二という名だった。大学二年のときから四年間、交際をした。龍二、という名前を胸の内でつぶやくとうっとりした。龍、というところがなんともロマンチックに思えた。けれど私たちの交際は、ロマンチックとはほど遠かった。神崎龍二は私以外にいつも恋人がいるような男の子だった。二十歳前後の私は、ほかの女性の影を必死になって追いかけていた。証拠をさがし、相手を突き止め、彼をなじり、泣いてわめく、そのくりかえしの四年間だった。四年後に別れたときは、私も神崎龍二もへとへとだった。私は彼を好きだったが、別れてほっとしたところがあった。もうこれ以上好きにならなくていいのだと思うと、妙なやすらぎさえ覚えた。

次に恋人ができたのは二十五歳のときだった。神崎龍二とのような交際だけはすまい、と私は心に誓っていた。職場で知り合った恋人は、朴訥《ぼくとつ》でおだやかで、浮気なんか絶対にしそうにない人だった。牧原大地という人だった。彼と落ち着いた交際をするはずだったのが、しかし、気がついてみれば今度は私が、牧原大地の目を盗んでほかの男と遊ぶようになった。今考えてみれば、私はそうすることで龍二に仕返しをしているつもりだったのかもしれない。絶対にばれていないという自信があったのに、二十七歳のとき、牧原大地にふられた。もう疲れたよ、と彼は言うのだった。

そうして三十歳になる直前に夫と出会った。

夫は龍二のようでも大地のようでもなかった。へらへらしているようで、その実しっかりしているようで、でもやっぱり頼りないところもあって、実際、どんな人なのか、交際をはじめてもなかなかわからなかった。

夫も私に負けず劣らず平凡な名前で、ノリオという。名前の由来を知っているかと、交際をはじめてから訊いたことがある。

夫の父はノリユキで、父の父はノリシゲ、つまり夫の家は先祖代々、男の子に「典」の字を使うらしかった。私と同じくらいかんたんな命名に、笑ってしまった。この人と結婚するかもしれないと思ったのは、あのときだったような気がする。釣り合いがとれているような気がしたのだ。名前の、というより、名前があらわしているであろう私たちの平凡さの。

都心に出るのに電車で三十分かかる町に、私たちは暮らしている。平日はともに満員電車に乗って会社へいき、双方が家に帰り着くのがだいたい八時、夕食をとって十二時には眠る。週末はたいてい、近所に買いものにいくか、やっぱり近所の公園をぶらつくか、あとは家でなんにもせずに過ごすことが多い。

私たちのあいだに第三者が介入してくる気配はない。夫が浮気をしている様子はないし、私もまた、夫以外のだれかと親しくなりたいと思うこともない。私たちはただ二人で、日々を暮らしている。

そうしていて気づいたことがある。私は未《いま》だ夫がどんな人なのか本当には知らないけれど（そしてたぶん、夫も私がどんな人だか本当には知らないに違いないけれど）、私たちは二人とも、面倒くさがりなのだ。ほかに恋人を作ったり細工をしたりということは性《しょう》に合わないのだ。私たち二人の生活を結びつけているものがあるとするなら、それは愛より面倒くささであるに違いない。しかしそれはちっともかなしいことではなくて、どちらかというと安心するようなことだった。龍二との恋愛も大地との恋愛も、私には、サイズがちいさすぎたり大きすぎたりする靴みたいだったから。

大いなる平凡、大いなる退屈。

晴れた日曜、洗濯物を干しながら、そんな言葉を思いついておかしくなる。まったく私たちの暮らしは、大いなる平凡、大いなる退屈で成り立っている。名は体《たい》をあらわすと言うけれど、ほんとうだ、と感心する。もし私が春海という名前だったら、何かもっと違う日々を送っていたような気がする。名前なんて単なる記号のようなものなのに、その名前の響きが、所有者の人生を導いている気がすることもある。

結婚して一年目に赤ん坊ができた。これまたじつに平凡な時期である。今、五カ月で、私のおなかも少しずつ大きくなってきた。夜、ベッドのなかで眠りを待ちながら、私と夫は子どもの名前についてあれこれ考えをめぐらせる。

私は子どものころ、自分の平凡な名前がきらいだったから、少しでも華やかさのある名前にしたいと思う。しかし夫は、平凡な自分に、もし闘也《とうや》とか亜久亜《あくあ》とか賀是留《がぜる》とか希沙《きさ》羅《ら》とかいう名前がついていたら、名前負けしてそれこそ恥ずかしいと言い、太郎とか花子でいいんじゃないかと極論を言う。夫の言うこともわかるが、しかし太郎、花子じゃあんまりではないか。

私たちは毎晩、名前の本をぱらぱらめくっては、ああでもない、こうでもないと、眠たくなるまで話し合う。喧嘩になることもある。ふたりきりのときは、喧嘩すら面倒でしなかったというのに。

妊婦が腹にまく帯といっしょに、古めかしい名前辞典が送られてきたのは、妊娠六カ月目にさしかかるころだった。送り主は母だった。

表紙の黄ばんだ名前辞典は、開くとページがばらばらになるほど古いもので、今の名前辞典とは違い、出ている名前も、良子とか由美子とか、無難なものばかりだ。めくっているうち、あることに気がついた。春、のついている名前に、鉛筆書きのまる印や三角がついている。春枝、春乃、春樹、春夫、春繁、春美。そうして春子と印刷された文字に、強い筆跡で、何度も何度もまるがしてある。

私は想像した。若き父と母が、今の私と夫のように、この本をのぞきこみ、ああでもない、こうでもないと、まる印や三角をつけあっているところを。春に生まれることだけは決まっていたんだろう。男か女かわからなかったんだろう。本の余白には、字画を数えたのだろう、小学生が書くような書き順が、いくつも書かれている。

春だったから春子なのよと、母はそっけなく言ったけれど、なんだ、あなただってこんなふうに悩んだんじゃないの。

春子。余白に強く残る母の筆跡を、私はそっと指でなぞる。

予定日の三日前、陣痛がきた。ちょうど夫は会社に出かけるところだったので、タクシーを呼んでもらった。数分後にやってきたタクシーに、夫に抱きかかえられるようにして乗りこむ。夫もいっしょに乗りこんできて、車内から会社に遅刻すると電話をしている。

「名前、結局まだ決めてないね」

腹式呼吸をしながら私は夫に言った。

「そんなこと、まだいいって」

「まだって、でもあと二十四時間くらいで決めないと」

「いいから、落ち着きなって」

夫は全身で貧乏揺すりをしながらうわずった声で言う。私はちいさく笑ってしまう。ルームミラーの下に、運転手の身分証明書が貼りだされていた。望月久男と書いてあった。証明写真のなかで、生真面目《きまじめ》にこちらを見ている運転手は、たしかに久男という名前が似合っていると、そんなどうでもいいようなことを思った。

タクシーは住宅街を抜け、通勤路である商店街を抜ける。たくさんの男や女たちが、せわしなく駅へと歩いていく。駅前のロータリーにたつ噴水が見えてくる。タクシーはロータリーへと直進し、大きく右折した。

そのとき、私は大きく息を呑んだ。

「桜」思わず声を出した。

駅前ロータリーから左右に続く道路を覆うように、桜の花が満開だった。まるでアーチである。そういえば、この通りは桜の名所だったのだ。一カ月前から産休に入っていたし、買いものはほとんど夫にいってもらっていたから、桜のことなんかすっかり忘れていた。

走っても走っても桜はとぎれなかった。ときおりはらはらとこぼれ、薄桃色の花びらがタクシーの窓にぺたりと貼りついた。桜の花は、満開になるとなぜか動きを止めたように見える。昼間でも発光している特殊な明かりみたいに見える。タイムマシンに乗っている気分だった。子どもを産みにいくのではなく、はるか昔の見知らぬだれかに会いにいくような。

春だ、と今さら気づいたかのように思った。薄桃色の桜が頭上を覆い、その向こうに澄んだ青空があり、目線を落とせば、道ばたには黄色い菜の花が風に揺れていた。家々の庭からは、れんぎょうが、パンジーが、名も知らぬ色とりどりの花が、私を見送るように顔をのぞかせている。春だった。視界のすみずみまで、春だった。

すべてがいきいきと発色し、動きだし、弾け、混ざり合い、車窓が映す何もかも、ゴミをあさるカラスも、酒の安売り店の看板も、アスファルトにひかれた白い横断歩道も、二階の窓にひるがえる洗濯物までも、今このとき、ただしい色合いでただしい場所に配置されていると思った。

なんて美しいんだろうと、後部座席で呆《ほう》けたように私は思った。この道は今まで何度も通ったことがある、ひとりで、もしくは夫と二人で。それなのに、私は何を見ていたんだろう。まるで目を閉じて歩いていたみたいじゃないか。目を開いてみれば、こんなにも美しい世界が飛びこんでくるというのに。

春子。そうか、春子。母が私を産むために急いだ道も、こんなふうにまるごと春だったんだろう。ああ春だと、おなかをさすりながら母は思ったのだろう。私は世界がこんなにも色鮮やかになるときに、子どもを産むんだと、願わくば、その子どもが目を見開いてこの世界を見てくれるようにと、思ったのだろう。

おなかがぎゅうと痛み、私は夫の腕を強く握る。だいじょうぶかと夫が私をのぞきこむ。へいきへいき、と笑いながら、私はなぜか、別れた二人の恋人のことを思い出す。彼らも彼らの名前にふさわしい日々を送っているだろうか。彼らの名前にふさわしい場所を、目を見開いて見ているだろうか。

「運転手さん、お願い、急いで」泣きそうな声で夫が運転手に話しかけている。

もう少し待ってと、世界に出てこようとしているだれかに向かって私は話しかける。もう少し待って。あなたにふさわしい名前を今考えているから。あなたにしか似合わない名前をまだ考えているから。川みたいな春みたいな、光みたいな太陽みたいな、人を助けるような頼られるような、健康であるような人に好かれるような、いや、そんな意味など何ひとつなくたっていい、あなたがあなたであるとだれかが認識してくれる名前であるならば。

私と夫と、未だ名前のついていないだれかを乗せたタクシーは、桜のアーチの下をフルスピードで駆け抜ける。

Presents #2

ランドセル

子どもというのはどのくらい大人なんだろう。なんにもわかってなさそうな顔をしているが、しかし、いろんなことをわかっているものだ。

ともあれ、私はちゃんとわかっていた。幼稚園児のとき、私は本当になんにもできない子どもで、字も読めなけりゃはさみも使えない。何か話しかけられてもすぐに答えられないし、どこかが痛くても痛いとも言えない。おしっこという一言が言えなくて、結果、我慢できずにいつもおもらし。廊下の隅で、替え用のパンツに着替えさせてもらう。濡れたパンツはビニール袋に入れられて、持って帰るよう渡される。

ほかの子ができることを自分はなぜかできない、ということを私はわかっていた。話しかけても黙っているから、話しかけた子が困っているのが、もう二度と話しかけてくれないのが、わかっていた。ちょっと困った子だと、先生が思っていることをわかっていた。替え用パンツはほとんど自分専用だということもわかっていたし、ビニール袋に詰められた濡れパンツの情けなさもわかっていた。

全部わかっているから、私は絶望した。幼稚園児の絶望なんてたいしたことないと思うかもしれないが、世界が狭いぶん、絶望の色合いはうんと濃いのだ。だってそこしかいるところがないんだから。

私って、きっとずっとこんな感じなんだろうなあ、と、大人語に変換すればそんなようなことを、私は漠然と思っていた。だれともうまく話せなくて、だから友達もできなくて、みんなのできることはずっとできないで、なんだか格好悪くて、先生や親を困らせて、楽しいと思うようなことがあんまりない。そういう場所で、こういう具合に私はずっと生きていくんだろうなあ。いやだけど、ほかにどうしようもないもんなあ。幼稚園児の私は大人語をまだ持っていなかったので、ただぼんやりと重暗い、きゅうくつな気分だけを抱いていた。

ここを出ていったって世界はさほど変わらんだろうとわかっていたから、卒園式も、晴れがましい気分ではなかった。いつもよりきれいな服を着せられ、列のうしろについて、みんなが動けば遅れないように（でも遅れるが）動き、いつもとはまるでちがう一日を、なんとかやりすごした。

まだ空気の冷たい春のはじめ、もはや幼稚園児でもなく、まだ小学生でもない私のもとに、いろんなものが続々とやってきた。学習机、真新しい体操服、運動靴、お道具箱、教科書、ノート、筆箱、鉛筆。そのすべてに母は名前を書いたり縫いつけたりした。

小学生というものは、なんとまあ所有物が多いんだろうと感心した。これ全部私のものになるんだと、子ども部屋に散らばった、真新しいそれぞれを見て私は思った。やっぱり晴れがましい気分にはなれず、どちらかというと気が重かった。

汚れたらどうする。忘れたらどうする。なくしたらどうする。私はきっと、おそれることの全部をやらかすだろう。汚して、忘れて、最後にはなくすだろう。私の名前の書かれたさらっぴんのこれらは、みなひとつずつ、世界の隙間に落っこちて、永遠に戻ってこないだろう。

そんなある日、大きな箱が届いた。きちんと包装されて、リボンがついていた。おばあちゃんからだ、と母親は言った。

もう慣れっこになっていた重苦しい気分で、私は包装紙を破いた。汚すかもしれない、忘れるかもしれない、なくすかもしれない所有物が、またきっと出てくるにちがいない。

出てきたのはランドセルだった。赤くつややかに光っていた。やけに馬鹿でかく見えた。

体をうんと折り曲げれば、私自身がすっぽり入れそうだった。下部に留め金があって、開けると、かちゃりと小気味いい音がした。ふたをべろりと持ち上げてなかをのぞいた。ベージュの空洞があった。顔をつっこむと、不思議なにおいがした。くさいというわけではないけれど特別いいにおいでもない。なんだかなつかしいようなにおい。大人語で言えば革のにおいだが、嗅《か》いだことのないそれは、幼稚園児でも小学生でもない私にとって、未来のにおいに思えた。

足をルの字に折って座り、膝にランドセルをのせて、私はぼんやりと、なんにも入っていないなかを眺め続けた。真四角の空洞。それはあいかわらず馬鹿でかく見え、なんだって入るように見えた。こんなものを背負って毎日学校にいくのか。こんなに馬鹿でかけりゃ、なくさなくてすむかもな。

私はふと思いたって、大切にしているぬいぐるみのルルをランドセルに押しこんでみた。入った。しかも、まだまだ余裕がある。気に入りの絵本を入れてみた。幼稚園で使っていた色鉛筆を入れてみた。台所に走っていって、漫画の絵のついた水筒を持ってきて入れてみた。なんだって入った。石ころ。パラソルチョコレート。ひみつのアッコちゃんのコンパクト。スヌーピーのハンカチ。サクマドロップ。入る、入る。来年はもう無理ねと母が言っていた水着。見あたらないと絶望がいや増す水玉の靴下。

「あらやあだ、家出用の鞄じゃないのよ、それは」

ランドセルに身のまわりのものを全部つっこもうとしている私に気がついて、母は声をあげて笑った。そんなことわかってる。小学校は、どんなところだか知らないけれど、石ころやルルを持っていくようなところじゃないってことくらい、わかってる。でもね、でもおかあさん。なんかだいじょうぶな気がしてきた。だってこの鞄、なんだって入っちゃうんだもん。

小学校が絶望的な場所だったら、そこでまたもや自分に絶望したら、私はこのランドセルに気に入りのものを全部詰めて、それでそこから逃げていこう。ハンカチや水筒の飛び出た赤いランドセルを見おろして、私はそうひらめいたのだった。どこか、絶望しないでいられる場所をさがして、たったひとり、全財産を持って、逃げよう。そうだそうだ、そうしよう。もうだいじょうぶ。

私の全財産は、ルルでありハンカチであり水筒であり、チョコでありキャラメルでありキャンディであり、石ころであり家族で撮った写真であり、さわるとガチョウが金《きん》になる絵本だった。それだけで生き延びられると私は思っていた。ひとりで、どこかで、大人になるまで生きていけると。

全財産を押しこんだランドセルにふたをして（かちゃりとまた留め金が鳴った）、両腕を肩バンドに差し入れて背負い、立ち上がった。背負った全財産はあまりにも重く、私はよろよろとうしろによろけた。それを見て母がまた笑った。

その夜、父が帰ってくると、母はまた私にランドセルを背負わせて、父とともに笑った。カメラを向けたりもした。自分が笑われているのに私はなぜか怒りも泣きもしないで、なんだかおんなじように愉快な気持ちになって、わざとよろよろしてみせて、それでいっしょに笑った。おばあちゃんに電話をかけてお礼を言うときも、私はずっと笑っていた。

その四月に私は小学生になった。「ランドセルに背負われてる」と母に笑われながら、毎日、赤いランドセルを背負って小学校を目指した。

ひょっとしたら赤いランドセルは、もしくは奇妙なにおいのする四角い空洞は、私にとって扉だったのかもしれない。なぜなら私はかつてのように絶望しなくなったから。おはようと言われればおはようと返せばいい。おかしいことがあったら声を出して笑えばいい。できないことがあったらだれかに助けてと言えばいい。それでももし、世界が依然として私に背を向けるなら、この空洞に全財産を詰めてさっさとどこかへ逃げ出せばいい。

ランドセルからつやが失われ、あちこちにかすり傷ができ、バンドに腕を通すのがきゅうくつに感じられるころには、私はごくふつうの、どこにでもいる小学生になっていた。誕生日パーティに呼ばれ、数人の友達と秘密を共有し、秘密基地を作り、先生に怒られ、つうしんぼに一喜一憂する、ごくふつうの小学生。全財産を背負って逃げようという必死の覚悟もすっかり忘れ、ただただ、一日一日をせわしなく過ごす。かつて影のようにひっついていた絶望という言葉は、親にばれないように捨ててしまった赤点のテスト用紙ほどに、意味のないものになった。

さて、大人というのはどのくらい子どもなんだろう。なんでもわかったような顔をしているが、そのじつ、なんにもわかってなんかいないのだ。

ここへきて、私はなんにもわからなくなってしまった。年齢でいえば私は二十七歳、立派に大人の年齢である。幼稚園のとき見ていたより、世界は格段に広くなった。知らなかったことをひとつずつ知っていった。

たとえば人が死ぬということ。ランドセルを贈ってくれたおばあちゃんは、私が十七歳のときに死んだ。今いるだれかがいなくなることがあるなんて、それまで知らなかった。

けれどおばあちゃんは今やどこにもいない。

たとえば自分には叶わない何かがあるということ。私はアーティストになりたかった。斬新なイラストを描くアーティストとして、早々と世界デビューを果たすつもりだった。けれど美大に入ったその年に、そんなこと、世界がおもてうら逆になったって無理だと思い知った。現在私は、社員五人のちいさなデザイン事務所で地味に働いている。

たとえば幸福というものが一種類ではないらしいこと。ランドセルを背負うちいさな私を見て、いっしょに笑い転げていた父と母は、二年前に離婚した。それぞれの幸福な未来のため、だそうだ。彼らの決断に反対はしなかったけれど、ランドセルと私の写真を馬鹿みたいに撮りまくったあの夜こそが、幸福というものだと信じている私には、なんだかちょっとショックだった。

たとえばコントロール不可能な恋というもの。それまで、恋ってなんだかふんわりした、やわらかい感触のものだと思っていた。幾度か恋をしてさえ、そう思っていた。けれど世のなかには、もっと乱暴で野蛮な恋というものもある。喜怒哀楽のただならぬ増幅に、ちょっとタンマと言ってもタンマできないし、イチヌケタと言っても抜けられない。そんな得体の知れないものがたしかに、ある。

そして、たとえばそんな恋でも失うことがある、ということ。

ひとつひとつ、知らなかったことを体得してきた私は、今現在、そこのところを学んでいる最中だ。

どうにかなっちゃうんじゃないかと思うくらい好きな人がいて、自分の時間と気持ちと余裕のほとんどすべてを無償で差しだしてきて、それでもそういう事情を、ばっさりと、思いもよらぬときに切り捨てられるときがある。早い話が、私はふられたばかりなのだ。

こういう種類のつらさは、ほんと、知らなかった。ごはんを食べてもなんの味もしない。電車が私の前でドアを閉めてもなんとも思わない。好きなドラマを見ていても内容が頭に入ってこない。かと思うと、通りかかった薬屋から聞こえてきたどうにも馬鹿馬鹿しい流行歌の一節に、唐突に落涙《らくるい》する。

私の落ちこみようを知った友人たちが、何度も食事に連れ出してくれる。馬鹿騒ぎもしてくれる。彼らといっしょに私も笑い、歌い、ごはんをもりもり食べ、酒をがばがば飲み、私をふった男の悪口を言ったりする。けれどそうすればするだけ、なんだか暗い穴ぼこにすとんと落ちたような感が否《いな》めなくなる。笑う友達の顔、好物ののった皿、きらめくワイングラス、すべてが薄闇のずっと向こうにある。失恋が、こんなにこわいものだなんて、まったく。

そうして私は、二十七歳になりながら、なんにもわかっていないことに気がつくのである。人が死ぬことがどんなことなのか、幸福のかたちが違うことがどんなことなのか、恋が何を私にもたらしたのか、失恋が何を私から奪っていったのか、まるでわからない。すごいな。かつてはあんなにわかっていたのに、私はどんどんわからなくなる。大人になるってのは、こんなふうにわからなくなることなのか。

と、そんなことを考えながら、暗い穴ぼこ生活を送っていたところ、母から宅配便が送られてきた。大きな段ボールが二つ。

野菜か米かと思って開けたら、へんなものばかり続々と出てきた。アルバム数冊。作文帳。絵画に工作。私が幼稚園から高校までに、作ったり書いたりもらったりした思い出の品の数々。桐の箱入りのへその緒まであった。

なんのつもりなんだ、と少々苛立《いらだ》ちながら中身を取り出していたら、手紙が入っていた。再婚することになったと手紙にはあった。あなたの思い出の品、邪魔だから送りつけたのではありません。あなたに、とっておいてほしいと思ったの。再婚してもあなたにはいつでも帰ってきてほしいけれど、あなたの実家はもうあなたが思うような場所ではないかもしれない。帰りたいと思っても、思うように帰る場所を見つけられないかもしれない。だからこれはあなたが持っていってください。帰りたいと思うようなときに、いつでも即座に帰れるように。と、手紙にはあった。手紙の最後に、おかあさんは今とてもしあわせです、と訊いてもいないのに書いてあった。

そーんなこと言って、本当は、邪魔だから送りつけたんだろう、それならそうと正直に言えばいいのに、なんてねじくれた気分で思いながら、二つ目の箱を開けると、古びたランドセルが出てきた。私はそれを取り出して、ルの字に座って膝に置く。

なんてちいさい入れものだろう。かちゃりと留め金を外してふたをめくる。昔読んでいた漫画や本が詰めこまれている。それを取り出すと、少々黒ずんだベージュの空洞があらわれる。鼻をつっこんでみる。使い古した革のにおいがした。そんな大人語を知らなかったら、過去のにおいだと私は言うだろうと思った。

私はふと思い出し、空っぽのランドセルに、自分の全財産を詰めはじめる。まず通帳にはんこ、化粧ポーチに下着の替え。我ながら酔狂《すいきょう》だと思ったが、やっていると、ここ最近ずっと私を覆っている落ちこみムードが少し晴れた。着替えひと揃いに、読みさしの本、好きなCD、MD、DVDにマグカップ。香水にタオル。けれど、ああ、なんてこと。全財産どころか、一泊旅行に必要なものすら入らないじゃないか。

六歳のあのときは、なんと身軽だったのか。あれだけの荷物で、地の果てまで逃げられると思っていたんだから。だらしなく中身の飛び出たランドセルを前に、私は笑い出す。笑いながら、ランドセルをひっくり返して、たった今詰めこんだ中身を全部床にばらまいた。

これじゃ逃げられないよ。私は静かな部屋のなか、ひとりごとを言う。失ってばかりのような気がするけれど、それでも私の手にしているものは、ランドセルに詰めこめないくらいたくさんなのだ。逃げるわけにはいかない。もう少し、ここでなんとかふんばらなくては。

ランドセルを久しぶりに背負ってみようとしたら、腕が通らなかった。それでひとしきり、また笑った。静かな日曜の午後である。

Presents #3

初キス

夏休みの直前に十四歳になった。誕生日プレゼントは五個もらった。両親からはワンピース。おばあちゃんからは腕時計。めぐみちゃんからはペンギンの絵がついた手鏡。なおちゃんからはビーズのブレスレット。

そうしてもうひとつ。あれはプレゼントと言っていいのかな。プレゼントって言うのもへんかな。だって、もしあれが誕生日プレゼントなのだとしたら、今度もらえるのはあと一年後ってことになるし、そんなのってなんかおかしいし、でも私としては、たとえばダイヤモンドなんかより、もっとすごいものもらった、って気がするんだけど。

前橋亮太に、私はキスをされたのだ。

前橋亮太のことはもちろん知っている。私とは違う第三小からこの中学にきて、サッカー部で、髪に寝癖がいつもついてて、早弁ばかりして、たぶんあんまり成績はよくない。一年生のときおんなじクラスだったけれど、私が知っているのはせいぜいその程度。二年ではクラスが違うから、ほとんど会わない。廊下ですれ違っても挨拶もしない。意識したこともないし、意識されたこともないと思っていた。

中学にあがったころから、仲良しの女の子たちは、だれがかっこいいとか、だれに恋をしてるなんて話をするようになった。めぐみちゃんは一年上の桜井さんを好きだ。なおちゃんは、同じ学年の近藤重則ならつきあってもいいと言っている。数学を教える長谷川先生を好きだという女の子もいる。

そういう話になるたび、私もいっしょになってわいわい言ってみたりするけれど、でも本当のところ、私には好きな人なんかいない。好き、ってどういうことなのかわからない。どういうことなのかわからないけど、何か、あんまりよくないものって気がする。

だって何か、めんどくさそうじゃん。好き、って人を遠ざけるような気がする。小学生のころ、男子三人女子四人で形成されたグループに私は入っていて、とっくみあいの喧嘩もしたし、肩を組んで冒険もしたし（取り壊し寸前の団地や隣町の空き家に侵入したのだ）、親同伴だったけれどキャンプにいったりもした。このグループが空中分解状態になってしまったのは、奈都子の恋のせいだと私は思っている。六年の夏の終わりに、奈都子はとんちゃん（戸塚徹平、やっぱり同じグループのひとり）を呼び出して、告白したらしいのだ。

でもとんちゃんにはほかに好きな女の子がいて（これまた同じグループの里沙ちゃんだったといううわさ）、ふられてしまったらしい。奈都子は泣いて、それで、そのあと、グループ内の雰囲気はぎくしゃくして、秋にはもうつるんで遊ばなくなってしまった。それきり卒業。

卒業してもずっと集まろうねって、奈都子の恋の前は言い合っていたのに、卒業式でさえ私たちはばらばらだった。私立に進学した奈都子に去年会ったら、とんちゃんのことなんかすっかり忘れていて、近くの男子校の人の話なんかするものだから、なんだかおもしろくなかった。あんなに騒いで、私たちのグループを壊したくせに、って。

恋っていやだよなと、だから私はずっと思っていた。必要もなく人と人を遠ざけるし、それに、なんとなく恋は私たちを弱っちくする。そんな気がした。

できれば恋なんかしたくないな。みんなみたいに、だれが好き、だれがすてきなんて、思いたくない。そのまま大人になりたい。恋とは無縁で男の子とも仲良くなって、無敵の強さを持つ大人になりたい。そんなことだれにも言わなかったけど、私はずっとそう思っていた。

今年の誕生日の日、期末試験の真っ最中、廊下ですれ違った亮太が急に、私の名前を呼んだ。今日さ、おまえひま？　っていきなり訊いてきた。おまえってなんだよ、と心のなかで毒づきながら、ひまだけど、何？　と私は訊き返した。えーとさ、渡したいものがあるから、いっしょに帰ろうぜと、亮太は怒っているみたいに言った。何よ、渡したいものって。うっせえなー、いいじゃんかよう、とにかく待ってろよな、おれちょっと用事あっからさー。そう言って亮太は廊下をばたばたと駆けていった。

へんなの。渡したいものと言うからには誕生日プレゼントかなんかなのだろうけれど(でもどうして亮太なんかが私の誕生日を知っているんだ？)、もしかしたら明日の試験用のノートのコピーかなんかかもしれないけど、でも何、あの命令口調。いっしょに帰ろうって誘ってんのはそっちなのに命令することはないでしょうに。しかもなんで私が待ってなきゃなんないの。

二秒くらいでそんなことを考えた。なんとなくへんな感じだった。胸のなかがざわざわするみたいな、くすぐられているような、空を仰いで笑い出したいような、だれかの背中を思いっきりぶっ叩きたいような。

ホームルームが終わって、中庭の藤棚の下で私は亮太を待った。渡すものってなんだろう。あんまり期待しないようにしよう。どうせつまらないものだ、消しゴムとかさ、そのへんで摘《つ》んだ花とかさ。ひょっとしたらへんなものかも。蛙《かえる》の死骸。泥まみれの体操服。

その日は曇りだった。もう少しすれば夏休みがはじまって、それと前後するように梅雨が明ける。私が生まれた日は、梅雨の晴れ間だったと母親が言っていた。病院からまっ青な空が見えた、それから、向かいにマンションがあって、どの家も真っ白な洗濯物をはためかせているのが見えたと言っていた。もちろん私はその光景を見ていないのに、なんだか、母といっしょに見ていたような気がする。知っているようなかんじがするのだ。その青さも、洗濯物のぱりっとした白さも、夏の近い、少し湿った空気も。

頭の上の藤棚は、すっかり花が落ちている。葉の隙間から曇り空が見える。幾人かの生徒たちが中庭を通過して帰っていく。廊下を走る友達の姿が見える。どこからか歓声が聞こえ、どこからか音楽が聞こえてくる。亮太はなかなかこない。なんなんだいったい、と思いつつ、あんまり不機嫌でない自分が不思議だ。

鞄に手をつっこんで、ついさっきめぐみちゃんたちからもらったばかりのプレゼントをいじっていると、ぱたぱたと上履きがアスファルトを蹴る音がして、亮太がやっときた。なんなのよいったい、と怒ろうとしたけれど、口を開くとにやけてしまいそうで、私はわざとむすっとした顔をした。

わりいわりい、帰ろうぜ、と言いながら、亮太はさっさと下駄箱に向かってしまう。亮太んちってどこなんだろう。帰ろうぜ、って、同じ方向なんだろうか。そんなことを思いながら、おとなしくついていって靴を履き替える。

私たちの学校は坂の上にたっている。まっすぐ続く細い坂道からは、町が見おろせる。曇り空の下で、家々はしんと静まり返っている。一年生らしいグループが、騒々しく私たちを追い越していく。

いっしょに帰ろうと言ったのは亮太なのに、亮太はなんにもしゃべらず、ずんずん歩く。しかたなく私が話題を見つけて話しかけた。

「サッカーって楽しいの」とか「夏休みもサッカーの練習ってあるの」とか「家族旅行っていく？」とか「試験どうだった？」とか。亮太は怒ったような顔のままで、ぼそぼそとそれに答えた。

家族旅行は毎年海にいくらしい。けれど亮太は、今年はサッカー部の準レギュラーに選ばれたので、いけないかもしれないらしい。でもべつに家族と海なんかいきたくないらしい。四つ下の弟は五月から海いきを楽しみにしているらしい。サッカー部はなんとなく「かっこいい」かんじがしたから入部したけれど、本当はあんまり好きじゃないらしい。

ボールを追いかけているより、部屋で大音量にして音楽を聴くほうが楽しいような気がするらしい。

ぜんぶ初耳だった。亮太に弟がいることも、毎年海にいくことも、サッカーがあまり好きではないことも、音楽なんか聴くことも。まったく知らない人と道を歩いているみたいだった。寝癖のついた亮太の髪を、半歩ほどうしろから私はまじまじと見た。

そうしてすごく不思議なことに、私も自分のことを話したくなったのだった。まったく知らない人みたいだと、亮太にも思ってほしくなった。それで、亮太がまた黙りこんだとき、私は話しはじめた。

私の生まれた日のこと。その光景を見たような気がすること。英語は好きだけれど数学が地獄級に理解不能なこと。いつもはクラスの女の子たちと帰るんだけれど、ときどきひとりで帰りたくなること。坂の上から見おろす町の光景が好きなこと。脈絡なく話した。言葉はどんどん出てきた。私、そんなこと思ってたんだと自分でびっくりすることもあった。私自身がまったく知らない人になったみたいだった。

半歩前を歩いていた亮太が、ついと角を曲がった。細い坂道から横に伸びる、さらに細い路地だ。

「そっち違うよ、バス停はこの坂の下だよ」私が言うと、

「近道なんだ」亮太はやっぱり怒った声で言い、ずんずん歩いていってしまう。はじめて歩く道だった。家と家の塀がすれすれまで迫っている。一列にならないと歩けない。のんびりした足取りで猫が通りすぎる。色あせた見本の入ったジュースの自動販売機がぽつんとある。どこからか、ピアノの練習曲が聞こえてくる。前を歩く亮太の髪は、彼が足を踏み出すたび、ぴょこぴょこ跳ねる。

「渡したいものって何」

話が思いつかなくなった私は焦《じ》れて言ってみた。すると亮太は突然ふりかえり、え、と思う間もなく私に近づいてきて、ぐにゅ、と唇をくっつけた。私は驚いて目をまんまるくした。曇り空に数センチ切り込みができて、ずっと奥に青空が見えた。自分でキスしておいて、亮太もびっくりした顔で私を見ている。私たちはまんまる目玉のまま数秒見つめ合う。

「誕生日おめでとう」

一時間にも感じられる長い沈黙のあとで、亮太はぼそりと言って私に背を向け、またぐんぐん歩きはじめた。ちょっと待ってよ、何今の何今の何今の。なんなのなんなの、なん

なのよいったい。心のなかで私はぎゃあぎゃあ騒いだが、口には何も出さなかった。何か言ったらこっぴどく亮太を傷つける気がした。それから、今のできごとが消えてなくなってしまうみたいな気がした。

人の唇ってやわらかいんだ。くちづけはレモンの味だって聞いたことがあるけれど、そんなことはないんだ。どちらかといえばコーヒー牛乳の味だった。あ、それは亮太がコーヒー牛乳を飲んだからか。

亮太は細い道をずんずん歩く。遅れないよう一生懸命私も歩く。制服の裾《すそ》に、どこでくっついたのか、ぎざぎざの草の実がついている。それもとらずに私は歩く。

「おれが生まれたのは冬なんだ」前を歩いていた亮太が、ぼそりと言った。「その日は雪が降りそうなくらい寒い日で、病院にタクシーで向かう途中、雪が降ってきたってかあさんは言うんだ。おれも、それを見たような気がすることがある」

亮太の声を聞き取るために、彼の背中にぴったりとくっついて歩いた。えーっ、そうなんだ、亮太もそんなふうに思うんだ、おんなじだね。なぜか言えなくて、心のなかでだけ言った。亮太に近づくと、日向《ひなた》のにおいがした。曇りなのに、日向のにおい。

「誕生日、いつなの」訊くと、

「一月二十七日」亮太は答えた。

「じゃ、その日、私もなんかあげる」

そう言うと、寝癖の髪から飛び出した亮太の両耳が、すっと赤くなった。

細い路地は、バス停近くのコンビニエンスストアの前に続いていた。本当に近道だった。バス停に並んでバスを待った。私たちのほかにも同じ中学の生徒がいた。三年生か、一年生。同じクラスの子がいないことを、私は神さまに感謝した。

隣に立つ亮太を横目でちらりと見た。かさついた頰、一重《ひとえ》のまぶた、ぽこりと出た喉《のど》仏《ぼとけ》、白いシャツの襟元。あれ。本当に知らない人みたい。今まで意識もしたことのない、話もしたことのない男の子が、なんだか急に大人びて、かっこよく見える。まさか、そんなことあるはずない。私はそんなヤワな女の子じゃないはずだ。たった一回、ぶちゅっとやられただけで、かっこよく見えちゃうような軟弱じゃないはずだ。一生懸命うち消すけれど、でも、やっぱりなんか、かっこいいような気がする。もっと話したい。もっといっしょにいたい。

私の乗るバスがきた。生徒たちが乗りこんでいく。亮太も乗るのかと思ったら、乗らず、

「じゃあな」と右手をあげた。バスに乗りこむ私に向かって、亮太は言った。

「夏休み、どっかいこうぜ、二人で」

　私はひとつうなずいて、バスに乗りこんだ。バスの窓から亮太に手をふった。亮太も笑わず手をふった。バスは走り出し、亮太はどんどん遠ざかる。曇り空はさっきより、少し青みを帯びていた。薄く青い空の下、バス停にぽつんと立つ男の子を、見えなくなるまで私は眺め、バスが角を曲がったとき、そっと人差し指で唇をなでた。


　あれはプレゼントだったのかな。あの日以来、私はずっと考えている。今日は終業式で、明日からは夏休みがはじまる。亮太と二人でどこへいくか、まだ決めていない。夏休みは待ち遠しいような、こわいような感じがする。

　亮太のことを考えると、風邪をひいたときみたいに体がぼんやり重たくなる。前に私が思ったとおり、好きという感情は人と人を遠ざける。夏休みはどうするのって、前はなんでもなく訊けたことを口にするのに、とんでもない勇気が要る。

　早くごはんを食べないと遅刻するわよと、母の声が飛んできて、私はトーストの残りを口に押しこみ、冷たい牛乳で流しこんで席を立つ。

玄関の鏡の前に立ち、セーラー服のリボンを整え、コインローファーに足を通す。いってきまーす、と大きく言ってドアを開ける。

十三歳のときより、私は確実に弱っちくなってしまった。きっとこれから、どんどん弱っちくなるんだろう。どこにでもいる軟弱な女の子になるんだろう。すぐ泣いて、すぐ笑って、だれかに何かしてあげたくて、だれかに私のことを知ってもらいたいと願う、理想と正反対の女の子に。まだたった十四歳なのに、これからどんどん弱っちくなるのか。そう思うとがっくりくる。けれどがっくりきた次の瞬間、かならず目の奥に浮かぶ光景がある。

細い路地から見た空だ。近づいてきた亮太の跳ねた髪と、白いシャツに包まれた肩の向こうに広がる、やけに広々とした空だ。全体的に白っぽい灰色で、けれど一箇所、青空がのぞいている不思議な空。私が生まれたときに母が見たという空、見た気になっている青空よりくっきりと、その空は瞳の奥によみがえる。この光景は——それでそのたび私は思うのだ、この空は、弱っちくなった私をこの先一生、支えてくれるかもしれないと。五年後、十年後、二十年後、亮太のことも、自分が制服を着ていたことすら忘れてしまったとしても、きっとあの空の欠片《かけら》は私の目の前に自在にあらわれて、だいじょうぶ、きっとうまくいくと根拠のない保証をしてくれるにちがいないと。

だからきっとあれはプレゼントだったのだ。一生なくならない、すり減らない、古びないプレゼント。十四年間もらってきたもののなかで、今のところ、それは一番強いものだ。

亮太の顔を思い描きながら、混んだバスに乗りこむ。明日から、未知の夏休みがはじまる。

Presents #4

鍋セット

もちろんテレビドラマに出てくるような、ロフトに続く螺旋《らせん》階段とかカウンターキッチンとかクロゼットとか出窓とかのある部屋を想像していたわけではなかった。けれどせめてフローリングであってほしかった。

申し訳程度の台所がついた、六畳の和室。窓は木枠に磨《す》りガラス、クロゼットなんてとんでもない、おどろおどろしい感じのするような押入が半間《けん》。狭苦しいユニットバス。これが私の住むことになった部屋である。

その六畳間で、私と母は向き合って缶コーヒーを飲んでいる。はあ、と母がため息をつく。はあ。私も母のため息がうつる。

「東京っていうのは家賃が高いって聞いていたけど本当だね。五万いくら払ったら、うちのあたりなら二部屋ついた新築が借りられる」

部屋さがしにきたときからくりかえしていることを、母はまた言う。

「もう、やめてよ、そういうこと言うの」いらいらと私は言った。

第一志望だった大学に合格したのが三月のはじめ、その一週間後、私は母とともに新居をさがすべく東京にきた。母はいきごんで、入学式かと思うようなスーツを着こんでいた。その日のうちに新居を決めなければならなかった。不動産屋の車に乗って、四件も五件も部屋を見せてもらった。見せてもらううち、大学に合格したときの、全世界が輝いて私を招いているような気分はじょじょにしおれてきた。隣の母も、だんだん意気消沈してくるのがわかった。

案内されるのはどれも、古びた木造アパートで、部屋は驚くほど狭く、そしてしょぼくれていた。顔を見合わせる私と母に、「このご予算ですと、どうしてもこういったお部屋ばかりになってしまうんですよね」と、どこかしら得意げに不動産屋は言うのだった。

結局、私が決めたのは、私鉄沿線の駅から徒歩八分のこのアパートである。角部屋だし陽当たりはいいが、いかんせん、古い。台所にある一口のガスコンロは油で黒光りし、水道の蛇口は錆びている。押入の襖《ふすま》には薄い染みがあり、木目調の天井はすすけて黒い。畳だけが青々と新しかった。契約を終えて帰るとき、「東京っていうのは家賃が高いと聞いたけれど……」と母はくりかえした。

私たちの暮らす家だって、ぴかぴかの大御殿というわけではない。ごくふつうの一軒家だ。けれど私の部屋はもう少し広いし、出窓はあるし、お風呂はひろびろして追い焚《だ》き可だし、システムキッチンである。快適な家をわざわざ出て、あのしょぼくれたちいさな部屋に住むことに、なんの意味があるんだろうかと、私も考えそうになっていた。

古びた部屋のせいで、東京行きの準備をはじめてもあんまり晴れがましい気分にはなれなかった。持っていきたいと思うものの大部分は置いていかなければならなかった。入りきらない、という至極シンプルな理由で。

「それにしても、引っ越し屋さん、遅いね」

部屋に充満する辛気《しんき》くさい空気を追い払うように私は言ってみる。

「電器屋さんもねえ」

母は立ち上がり、窓を開ける。窓からはちいさな空しか見えない。つぶれた菱形に切り取られた青空は、さらに電線でこまかく分断されている。

「ねえ、桜の木があるわよ」

母は明るい声で言い、手招きをする。母の隣に立って外を見る。たしかに、隣家の庭に桜らしき木が生えている。隣の庭はずいぶん広い。井戸があり、物干しがある。庭に面した縁側に座布団が干してある。なんだか私たちの家に似ていた。

「ここでお花見ができるわよ。まだつぼみだけど、学校はじまるころには満開よ」

なぐさめるような口調で母が言い、なんだかよりいっそう気持ちが沈み、さっきから感じている苛立《いらだ》ちが倍増する。

電器屋と引っ越し屋は続けてやってきた。電器屋はちいさな冷蔵庫を台所に、洗濯機を玄関のわきに設置し、小型テレビを部屋に運びこんで去り、段ボール五箱とカラーボックスひとつを部屋の隅に並べて引っ越し屋は去った。あっという間だった。

「片づけ、ひとりでできそうだから、もう帰っていいよ」

私は言った。母はしばらく無言で部屋を眺めまわしていたが、

「ねえ、引っ越し蕎麦《そば》食べにいこうか」と言う。「蕎麦屋なんかあるかな」つぶやくと、

「蕎麦屋なんてどこにだってあるわよ、ここだって日本なんだもの」なんだかとんちんかんなことを言い、母は申し訳程度の玄関で靴を履いている。私もいっしょに部屋を出て、おもちゃみたいな鍵を鍵穴にさしこんだ。

駅へと続く道が商店街になっている。ちいさな町とはいえ、さすが東京である。私たちの町の商店街とは桁違《けたちが》いににぎわっている。総菜屋、スニーカー屋、レンタルビデオ屋、

ゲーム屋、洋服屋、レストラン、喫茶店、雑貨屋。母はきょろきょろと目を走らせている。ときどき立ち止まり、私のコートの袖口を引っぱる。「ねえ、あのセーター特売よ、五千円しないなんて、嘘みたい」「なんだか洒落《しゃれ》た喫茶店よねえ。さすが東京って感じ」「あのラーメン屋さん、雑誌の切り抜き貼ってあるけど、雑誌に載るような有名店なのかしら」「ここ、いいじゃない、二十四時間営業のコンビニ。夜にお醬油やお味噌切れても買い足せるし」華やいだ声を出す。

母の言うせりふはすべて私を苛つかせた。あんなところにこれからたったひとりで住むなんて、かわいそう。そんなふうに同情されている気分になった。本当に自分が気の毒な娘であるような気分になった。

「やめてよ、田舎者まるだしみたいでかっこわるい」

だから私は投げ捨てるように言い、袖口をつかむ母をふりきるようにして商店街をずんずん歩いた。こんな商店街のセーターなんか褒《ほ》めないでよね。十一時に閉店するコンビニなんてうちのほうにしかないんだよ。雑誌の切り抜き貼ってるからっておいしい店とはかぎらないんだから。心のなかで悪態をつき続けた。

駅近くにあった蕎麦屋で、母と向き合って天ぷら蕎麦を食べた。びっくりするくらいまずかった。うちの近所の村田庵だってもっとましな蕎麦を出す。なのに母ときたら、おいしい、おいしいと連発する。「やっぱり東京の店は違うわね」なんて言う。私はむっつりとして、半分残して箸を置いた。もったいないと言い、私の残したぶんまで食べる母に、苛立ちを通り越して嫌悪《けんお》まで覚えはじめる。

蕎麦屋を出る。春特有のふわふわした陽射しが商店街を染め抜いている。

「じゃあここで、もう帰っていいよ、おかあさん」私はぶっきらぼうに言った。

「でも、まだ荷ほどきもしてないじゃない」

「あれっぽっちの荷物、私ひとりだって、すぐ片づいちゃう」

「掃除も、もう一回したほうがいいんじゃない」

「さっきしたばかりじゃないの」

「だけど、台所はなんだか汚れが落ちなかったし」

店先で言い合う母子を、通りすがりの人がちらりと眺めていく。

「もういいって」強い口調で私は言った。本当のことを言うと、母といっしょにあのしょぼけたアパートに帰りたかった。何度でもいっしょに掃除をしてもらいたかった。あの狭苦しい台所で、夕食の支度をしてほしかった。魚の煮つけ、切り干し大根、たらこと葱《ねぎ》の入った卵焼き、家のテーブルに並ぶような夕食。そして、布団を並べていっしょに眠ってほしかった。苛立った私の八つ当たりを、とんちんかんな言葉で受け流してほしかった。けれど今日泊まってもらったら、明日も泊まってもらいたくなる。私は今日から、たった今から、ひとりで、あの部屋で、なんとか日々を過ごしていかなくてはならないのだ。

「もういいって。帰って」私は言った。泣きそうな自分の声が耳に届く。

「あっ、いやだ、おかあさん、忘れてた」

突然母が素っ頓狂な声で叫ぶ。

「何、忘れもの?」

「そうじゃないの、あのね、鍋。鍋を用意してあげるのを忘れてた」

母は言い、すたすたと商店街を歩き出す。コートを着た母のうしろ姿が、陽をあびてちかちかと光る。私はちいさな子どものように、母のあとを追う。

「鍋なんかいいよ」

「よくないわよ、鍋がなきゃなんにもできないじゃないの。あんたもね、料理くらい覚えなさい。フライパンひとつでできるものなんか料理とは言わないの、きちんと鍋を揃えて、煮炊きをしなさいよ」

母は得意げに言いながら、店先に茶碗を並べた雑貨屋に入っていく。店のなかは、食器や鍋や、ゴミ箱や掃除用品、ありとあらゆるものが所狭しと並んでいた。母は通路にしゃがみこみ、片っ端から鍋を手に取っていく。「これはなんだか重いわね」「これじゃあいかにも安っぽい」「こんなに馬鹿でかくても困るしね」ひとりごとをつぶやきながら、鍋をひっくり返したり片手で揺すってみたりしている。私は母のわきに突っ立って、隅に整然と並んでいるル・クルーゼの鍋を見ていた。高校生のころ、女性誌で見て、ひとり暮らしをしたら買いたいと決めていたル・クルーゼである。色も橙《だいだい》色と決めていた。けれど、これがほしいと母にはなんだか言えなかった。こんなもので料理なんかできませんと母は言うような気がした。実際、母の作るもの、母の作ってきたものは、ル・クルーゼとは不釣り合いだった。あのアパートに橙のル・クルーゼがあっても、なんだか滑稽だとも思った。

「これがいいわ」

思いきり立ち上がった母ははずみでよろけ、体を支えようと咄嗟《とっさ》に棚に手をつき、積んであった鍋がものすごい音を出して転がり落ちる。店内にいた客が陳列棚から首だけ出してこちらを見ている。

「やだ、もう」顔が火照《ほて》るのを感じながら私はつぶやく。

「やだもうはこっちのせりふよ」母も赤い顔をして、転げ落ちた鍋を懸命に元に戻している。「大丈夫ですかあ」店員が歩いてくる。

「あらまあ、ごめんなさいね、あのね、この子、春からこの先のアパートでひとり暮らしをするの、それで鍋と思ってね、選びにきたんだけど、やだ、こんなにしちゃって。大丈夫かしら、傷なんかついてない？　えーと、私が選んだのはどれだったかしら、しょうがないわねえ」

おばさんらしい饒舌《じょうぜつ》さで母はべらべらとしゃべり、さっき選んだ鍋を店員に押しつけるように渡している。鍋は大、中、小と三つあった。

「三つもいらないんじゃない」

「いるわよ、ちいさい鍋で毎朝お味噌汁を作りなさい、大きい鍋は筑前煮とか、あとお魚を煮るときにね。中くらいのは南瓜《かぼちゃ》とか里芋とか、そういうちょっとしたものを煮るのに便利だから」まだ顔の赤い母は念押しするように説明しながら、バッグから財布を取り出している。

「この子ね、はじめてひとり暮らしするんですよ。ご近所だし、何かあったらよろしくお願いいたしますね」

母は若い店員に向かって頭を下げ、鍋を包んでいた店員は困ったように私を見、かすかに会釈した。

母とは店の前で別れた。アパートにいって荷ほどきをすると母は言い張ったが、ひとりで大丈夫だと私はくりかえした。

「そうね。これからひとりでやっていかなきゃならないんだもんね」

母は自分に言い聞かせるようにつぶやいて、幾度か小刻みにうなずくと、顔のあたりに片手をあげて、くるりと背を向けた。ふりかえらず、よそ見をすることなく、陽のあたる商店街を歩いていく。母に渡された重たい紙袋を提げ、遠ざかる母のうしろ姿を私はずいぶん長いあいだ眺めていた。母のうしろ姿はあいかわらず陽にさらされてちかちかと光っている。カートを引いて歩く老婆、小走りに駅へ向かうスーツ姿の男、幼い子どもの手を引く若い母親、いつもと変わらぬ町を歩く人々の合間を、母はまっすぐ歩いていく。雲のない空の下で商店街はふわふわと明るい。この光景を、ひょっとしたら私は一生忘れないかもしれない、ふいにそんなことを思った。そんなことを思ったら急に泣き出しそうになった。ひとりになって泣くなんて子どもみたい。私は母が向かう先とは反対に走り出す。

かんかんと音をさせてアパートの階段を駆け上がり、紙袋の中身を取り出した。いつのまに母が頼んだのか、それとも店員が気をきかせたのか、大中小、三つの鍋はプレゼント用に包装されていた。でこぼこの包装紙のてっぺんに、ごていねいにリボンまでついている。みず色のリボン。ひとりきりになったちいさな部屋のなか、思わず私は笑ってしまう。

あのとき母がくれたのは、いったいなんだったんだろうと思うことが、最近になってよくある。

もちろんそれはただの鍋である。けれど、鍋といって片づけてしまうには、あまりにもたくさんのものごとであるように思える。

この鍋で私は料理を覚えた。筑前煮もカレイの煮つけも焼き豚もクラムチャウダーもビーフシチュウも。はじめてひとりで暮らしたあのアパートに、はじめて男の子が遊びにきたときも、私はこの鍋で料理をした（今でもメニュウを覚えている。ロールキャベツに肉じゃが、クリームソースのパスタというおそろしい組み合わせは、女性誌の「男がよろこぶ料理」特集の上位三位をそのまま作った結果である）。

女友達と徹夜して飲み明かしたときは、夜明けに小の鍋でインスタントラーメンを作った。彼女とは未《いま》だにどちらかの部屋でよく飲み明かす。

試験明けには宴会をしたこともある。そのときは大の鍋でおでんを作った。クラスメイトが十二人もこの部屋に入った。おでんは瞬《また》く間に足りなくなり、中の鍋も動員した。夜中にうるさいと隣室の住人に怒鳴りこまれた。

楽しいときばかりではない。実家が恋しくなったとき、失恋したとき、就職試験に落ちたとき、ひとりの夜が意味もなく不安に押しつぶされそうになったとき、私は鍋を取り出した。大鍋で、牛のすね肉をぐつぐつと煮る。玉葱が飴色になるまでひたすら木べらでかきまわす。ホールトマトをかたちが崩れるまで煮る。スープのアクをていねいにすくい取る。汗を流しながら、ときには涙と鼻水まで垂らしながら。そうしていると、不思議と気持ちが落ち着くのだ。だいじょうぶ、なんてことない、明日にはどんなことも今日よりよくなっているはずだ。鍋から上がる湯気は、くつくつというちいさな音は、そんなふうに言っているように、私には思えた。

希望した会社にことごとく落ち、結局、アルバイトばかりくりかえした。立場は不安定だったが自由にできる時間だけはたっぷりとあり、その自由さが不安になると、私はきまって料理をした。料理をしていると、何か意味のあることをしている、自分が意味のある人間であると錯覚できたから。

うまくいかなかったのは仕事ばかりではなく、恋愛もしかりだった。失恋するたび、しかし私の料理の腕は上達する。女友達に馬鹿にされつつ、男を釣るのは胃袋だとかたく信じている故である。

すべて、選択とも言えない消極的な選択だけで年ばかり重ねてきたのに、数年前、私にはフードプロデューサーという肩書きができた。オープン予定だったり売り上げに伸び悩んでいたりする飲食店に、新メニュウを提案する、というのが主な仕事だ。仕事はすぐに軌道にのり、近ごろでは、雑誌に料理コラムの連載もさせてもらっている。アルバイトの無為《むい》な時間と失恋のたまものである。

結婚したのは五年前、三十二歳のときだ。十八歳のときと同じく、親しくなるやいなや私は彼を家に招き、ごちそうぜめにした。もちろんロールキャベツと肉じゃがなんかいっしょに並べたりしない。すね肉と人参のシチュウだとか、ラムのトマト煮込みだとか、チリコンカンだとか、料理歴にふさわしいものを、すっかり古ぼけた大中小の鍋でせっせと作って。男を胃袋で釣れるのかどうか定かではないが、一年後、私たちは結婚をした。

取材で我が家を訪れただれもが、私の使っている鍋を見て驚く。どの鍋も、取っ手がとれていたり蓋《ふた》がなかったり底が焦げついていたり、とんでもなくみすぼらしいからである。新しいのを買わないんですか、と正直に訊く人もいる。そんなとき私はいつも、えへへ、と笑うにとどめている。

もちろん何もかもがうまくいっていて世界がばら色に見えるなんてことはない。仕事でしょっちゅうつまずくし、夫とはささいなことで喧嘩をする。もうだめだ、と十八歳のときのように泣くこともある。それでも平均してみれば、たいそう平穏な日々である。子どものころに思い描いたような大人として生きている。

そうしてときどき思うのだ。夕ごはんの支度をしているとき。深夜近くまで新メニュウと格闘しているとき。飲んで帰る暗い夜道で。私はあのとき、母にいったい何をもらったんだろう？　と。

胃袋で釣れた結婚相手？　仕事と将来だろうか？　正しく機能している内臓？　それとも、日々にひそむかなしみにうち勝つ強さ？　不安を笑い飛ばせる陽気さ？　退屈な時間を無にできる魔法？　だれかと何かを食べるということの、ささやかながら馬鹿でかいよろこび？

きっと、そんな全部なんだろうと思う。みず色のリボンをかけられていたのは、きっとそんな全部なんだろう。

「南瓜の中身をくりぬくのよ」電話口で母は言う。「それで炒めた鶏そぼろと野菜をね」

「だから、順番に言ってよ。それに野菜って端折《はしょ》って言わないで、なんの野菜かも説明してくんなきゃわかんない」

あいかわらずいらいらと私は言う。新メニュウに行き詰まると、私はときおり母に電話をかけて、子どものころに食べた料理のレシピを訊いてみるのだ。

「南瓜はチンしておけばかんたんに中身が取り出せるから……そんなことよりあなた、こないだ雑誌で見たけど、なんて貧乏くさい鍋を使ってるの？　あれじゃあみっともないでしょうよ、新しいのを買いなさいよ、お誕生日に送ろうか？」

「いいっていいって、そんなことは。ああもう、わかんなくなっちゃったじゃないの。南瓜をチンしてどうするんだっけ」

電話の子機を肩で挟み、丸ごとの南瓜が大の鍋にきちんとおさまってくれるかたしかめながら、私は母の声を待つ。

Presents #5

うに煎餅

一カ月前の二月十四日、チョコレートを二十個買った。十九個はお歳暮みたいなもので、一個だけが本当のバレンタイン用。気持ちの格差は値段でつけるしかない。十九人には五百円のトリュフで、本当用には奮発して三千円の、バレンタイン限定、フランスのカリスマパティシエによるチョコレートにした。

社会人になるってことは、両親が言うように一人前になることでもなく、元クラスメイトの男の子が自嘲混じりに言うように歯車のひとつになることでもなく、十九個よぶんにチョコレートを買うことだ。少なくとも、今の私にとってはそういうことだ。

文房具を扱うこの会社に入社したのは一年前の四月。五十二社受けて、受かったのはたった三社。それでも私はこの会社に選ばれたということがうれしかった。文房具のキャラクターデザインをしたいと、昔から思っていたのだ。第一希望のような大手ではないけれど、いや、こぢんまりした会社だからこそ、キャラクターデザインに関与できるチャンスはたくさんあるだろうと、一年前、私は希望に燃えていた。いや、今だってじゅうぶん燃えている。たぶん。

けれど実際のところ、一年たった今も、私は自分の仕事がよくわかっていない。自分に何が求められているのかも、この会社での自分の位置というものも、ぜんぜんわかっていない。コピーをとれと言われればとって、ホチキスを左上に留めろと言われれば留めて、膨大な数字をコンピュータに打ちこめと言われれば打ちこむけれど、それが、いったい仕事の流れのどの部分に相当するのか、コピーやホチキスが何かの役に立っているのか、私にはまるでわからない。キャラクターデザインなんて、宇宙旅行くらい遠く感じられる。

そんな話、おれ、悪いけど聞き飽きたよ。そのへんの女だって言いそうな愚痴じゃん。私が社会人になって半年たつかたたないかのうちに、恋人の悟くんはそう言って、あんまり連絡をくれなくなった。大学二年のときからつきあっていた人だ。二年までは同級生だったのに、次の年からは下級生になっていた。彼は今も大学にいる。今度の四月、きっと六年生になるんだと思う。彼にはなんでも話せてきたし、なんでも話せる人なんて私には彼しかいなかったから、今までどおり思うことをそのまま口にしただけなのに、そんなばっさり切り捨てるようなことを言われて啞然とした。女が先に社会人になった場合、恋愛は終わるってよく耳にしていたけれど、本当のことだったんだ。

それで、その後の私は合コンにいのちをかけるようになった。逃避ってこういうことを言うんだろう。恋人から疎《うと》んじられ、仕事にやりがいをもつどころか理解すらできず、休日は寝間着のままテレビの前で過ごし、夜ごはんはコンビニ弁当の現実から、私は逃避したかった。

同じく社会人一年目の女友達から、合コンの誘いは引きも切らずきた。この四、五カ月で、いろんな人と会った。私って今までなんにも知らなかったんだなあ、と思うくらいいろんな人と。悟くんだけが男じゃなかった。

同い年なのにウェブデザインの会社を経営している男の子もいたし、就職しないでお芝居をしている男の子もいたし、オペラ鑑賞が趣味の公務員もいたし、印刷会社で働きながらスポーツ専門のノンフィクションライターを目指している人もいた。それに何より、私が女の子だからという理由だけで、おごってくれる人がいるとは、本当に驚くべきことだった。

私は今まで男の子におごってもらったことのない女だったのである。高校生のときのボーイフレンドとも、もちろん悟くんとも、いつだって割り勘だった。一円単位まで割り勘。

おごる男とおごられる女というのが、世のなかにいることは知っていたけれど、それはこの世のなかにトリニダード・トバゴという国がある、という程度の認識でしかなかった。そういう場所はあるんだろうが、私はたぶん一生そこにいかないし、その国生まれの人とも会うこともないんだろう、というような。

それで私は恋をした。恋だ、たぶん。安田健介くん。私よりひとつ年上で、だれでも名前を知っている出版社で働いている。今年のあたま、二十三回目の合コンで会って、二次会でメールアドレスを交換し、交換しがてら抜け出して、二人だけの三次会をした。歩いて十五分ほどの距離なのにタクシーに乗る人も、スーパーマーケットに入るように高層ホテルに入る人も、映画のセットみたいなバーで自宅みたいにくつろぐ人も、私にとってはトリニダード・トバゴ人並みにはじめて見た。カクテルが一杯二千円近くするその店で、安田健介くんはジュースみたいにカクテルをがんがん飲んで酔っぱらわなかった。バーテンダーによるマティーニの違いだとか、ソルティドッグの名前の由来だとか、ぜんぜん威張ったふうでなく、どちらかといえば遠慮がちに、教えてくれた。

そのバーで、私が何を考えていたかというと、恋についてである。悟くんと私は三年半いっしょにいた。その三年半で、一度たりともホテルなんかいったことはない（ラブのつく、さびれたホテルならいったことはあるけれど）。バーにだっていったことはない。おごってもらったことも、荷物を持ってもらったことも、ドアを開けてもらったこともない（サワー四杯でつぶれた悟くんを背負って帰ったことはあるけれど）。つまり、悟くんといっしょにいて、私は自分が女の子だということを意識したことがないのだ。それで、会ったばかりの人と見知らぬバーで、生まれてはじめて、私は知りつつあった、自分が女の子であると。自分が女の子だと気づかない恋愛なんて、恋愛って言えるのだろうか。私はずっと、十九歳のときから三年半、ただの友情みたいなものを、恋愛とまちがえていたんじゃなかろうか。その証拠に、私は今、こんなにもどきどきしている。悟くんと格安居酒屋では味わえなかったどきどき。——安田健介くんの、グラスに触れる繊細な指とか、注文をするときにさりげなく上げる腕とか、きちんと磨かれた靴とか、それらをぼうっと眺めながら、私はそんなことを考えていたのだった。

カクテル一杯二千円のバーの支払いを、安田健介くんは、私がトイレにいっているあいだにすませていて、そんな技にも私はくらくらした。帰り際、タクシーで近くまで送ってくれて、コーヒーが飲みたいなんてしょぼくさいことも言わずスマートに去り、日付が明日に変わる前に、次の約束のメールをくれた。くらくらどころじゃない、貧血の手前みたいに目の前が白黒に点滅した。これを恋と言わずしてなんと言うのか。

二度目のデートは、その一週間後だった。会社の帰りに待ち合わせをして、イタリア料理屋（ハンバーグがメニュウにあるチェーン店ではないイタリア料理屋）で食事をし、近くのバーで酒を飲み、タクシー乗り場で粘っこくないキスをした。三度目のデートはその十日後。映画を観て、ベトナム料理屋（ベトナム人の客しかいない地元屋台ふうの店ではないベトナム料理屋）で食べ、オールナイトのスケートリンクにいって少しすべった。私はどんどん女の子になっていく。爪を塗ることを覚え、ブロウの仕方を覚え、キャラクターデザインなんかどうでもよくなり、新聞に掲載される「今日のレシピ」を諳《そら》んじながらコピーをとりホチキスで留め、それでなんの疑問も抱かない。

二月十四日の、本当のバレンタインチョコは、だからもちろん、安田健介くん宛てである。バレンタインの三日前になって、たぶんチョコレート欲しさに連絡をしてきた悟くん宛てでは、決してない。

そうなのだ。やつはバレンタインデーの三日前に電話をしてきて、「どう、調子は」なんて言いやがった。「めし、食う？」なんて、当然のように言いやがる。「三日後なら、おれ、空《あ》いてるよ」なんて、そんなにチョコレートが欲しいのか。「十四日は私は予定があるけど、その次の日なら、別に会ってやらないこともない」威張りくさって言ったら、少し気分がすっとした。ふん、ざまあみろ。きみなんか他の十八人と同じ、五百円のお歳暮チョコだよ。

十四日は、もちろん安田健介くんと会った。看板の出ていない、マンションの一室にある隠れ家ふうの和食の店に連れていってもらった。途中、トイレに立ったら、テレビでよく見る女優さんとすれ違って度肝を抜かれた。私と年が変わらないのになんでいろんなお店知っているの、と訊いたら、おいしい店をたくさん知っているというのは、編集者にとってとても大切なことなんだと彼は答えた。安田健介くんはだれもが知っている出版社で、だれもが知っている雑誌を作っているのである。

チョコレートはその店で渡した。安田健介くんはすごく喜んでいるように見えた。「ホワイトデー、期待しておいて」と言って、照れくさそうに笑っていた。隠れ家ふう和食屋の、二人ぶんの食事代金をお会計のとき盗み見たら、二万円とちょっとだった。お歳暮チョコより値の張ったチョコレートが、なんだか申し訳なく思えた。けれどももちろん、安田健介くんは値段の格差を取り沙汰するような、肝っ玉のちいさな男ではない。

会社の同僚や上司や、取引先の人に配ったものとまったく同じチョコレートを、翌日、悟くんにあげた。悟くんが連れていってくれた、あいかわらずこ汚い格安居酒屋で。

久しぶりに会う悟くんに、私はちっともときめかなかった。格安居酒屋と同じ感想、あいかわらずもっさりしてるね、という程度の感想。串盛りと冷やしトマトとレバ刺しを並べたテーブルを挟んで、社会に出るということは十九個よぶんなチョコレートを買うようなことだ、と私は一席ぶった。

「そんなはずはなかろう」と悟くんは言う。「もっとなんかあるだろう」と口を尖《とが》らせる。

「あんたはまだ学生だからわかんないんだよ。働いたらあんただってわかる。社会に出るって、十九個よぶんな飴を配ることと大差ないってわかるよ」私は串から砂肝を抜き取って、背をのけぞらせて言い放った。すると悟くんは、

「そう言ってしまったらおしまいだ」と言った。「きみにはわからないと言ったら、永遠にみんなわかりあえない。そんなの一番つまらない。おれの前で二度と『何々だからあんたにはわからない』とものごとをくくらないでくれ」と、珍しく怒ったように言うのだった。

ふん、子どもめ。安田健介の爪の垢《あか》でも煎じて飲みやがれ。心のなかで毒づいた。それきり、悟くんも私も口数が少なくなり、喧嘩別れするように、外に出た。雪が降っていた。

悟くんはひとりで駅に向かってずんずん歩いていった。私だって駅にいかなきゃ帰れないから、数メートルうしろからついていった。距離はどんどん開く。悟くんのうしろ姿を隠すように、大粒の雪がじゃんじゃん降りしきる。悟くんはどんどん離れる。そのとき私は唐突に、さみしい、と思った。いやもっと正確な言いかたをするならば、さみしいということがどんな心持ちであるのか、はっきりとわかった。それは今まで知らない種類の心持ちだった。心のなかに唐突にブラックホールができて、言葉とか感覚が全部吸いこまれてしまう感じ。そう思ったことにびっくりしていると、悟くんが立ち止まった。ふりかえり、私が追いつくのをじっと待って、

「東京で暮らしていると雪道の歩きかたを忘れる」と、まじめくさった顔で、へんなことを言った。

あれから一カ月、私はずっと考えている。さみしい、という心持ちについてとか、どきどき、という気分についてとか。

安田健介くんとはこの一カ月、三回デートをした。悟くんからは一回電話がきた。言い忘れてた、チョコレートサンキュー。というような電話。

そうして今日が、安田健介くんと四回目のデートである。待ち合わせは恵比寿で、狭い、メニュウのない和食屋の個室で、私たちは向かい合っている。ほっけのお刺身なんてはじめて食べた。たらの芽をおいしいとはじめて思った。あいかわらず私はときめいている。お店の人が天麩羅のお皿をさげて、賽《さい》の目に切った、いかにもやわらかそうなステーキをそれぞれの前に並べて去ったとき、

「これ」

安田健介くんはいつものように照れくさそうに笑って、鞄からちいさな包みを出した。橙《だいだい》色の包装紙に、黒いリボンが巻かれている。えっ、と言うと、今日、ホワイトデーだから、と笑い、私のお猪口《ちょこ》に透明の酒を満たす。こういう場合、この場で開けるのは失礼なんだっけ、開けたほうがいいんだっけ、めまぐるしく考えていると、

「開けてみて」と安田健介くんから言った。

リボンをほどく。どきどきしている。びっくり箱を開けるみたいだ。包装紙をていねいにはがす。安田健介くんはじっとこちらを見ている。黒い箱が出てくる。開ける前から中身がなんだかわかってしまう。きっとものすごく高価なアクセサリーだ。今まで私がもらったことのないような。そっと箱を開ける。黒い布張りの台に、銀色に光るピアスがある。

ホワイトデーってなんの日だっけ。私はなんでこんなすてきなものをもらっているんだっけ。

「社会人になることって、好きでもない人にチョコレートを買うようなことだと、私は思ってて」混乱のあまり、へんなことを口走っている。うん、と私の向かいで静かに安田健介くんはうなずく。「それも、十何個もよぶんに買うような、それだけのことのような気がしてて」違う違う、言いたいのはそんなことではない。

「わかるよ、それ」けれど安田健介くんは同意してくれる。「本当にそういうことだと思う」

「そう？」私はピアスから顔を上げる。

「好きでもない人にチョコレートを買うのに、抵抗がなくなるようなことではあると思うよ、社会に出るってのは。だからさ、そうしながら本命チョコを買う気持ちを忘れたくないなってぼくは思うんだけど」

ああ、この人はなんて健全なんだろう。なんて大人で、なんて正しくて、なんて思いやり深いのだろう。なのにどうして、体全部でどきどきしながら、私は雪の日のうしろ姿を思い出しているんだろう。心のなかにちいさなブラックホールができたような、さみしい、というあの心持ちを思い出しているんだろう。

和食屋を出ると、自分ちにこないかと安田健介くんは遠慮がちに言った。ここから歩いて十分もかからないんだ。いいワインがあるし、先輩からもらったイタリア出張土産《みやげ》のチーズもあるんだ。こんなことが自分の人生にあってもいいのかと浮かれながら、あらかじめ手持ちのなかで一番見栄えのいい下着を身につけている私は、今日は帰る、と言っていた。たぶんこの発言は、我ながら一生の深い謎になるだろう。

安田健介くんは無理強《じ》いなんかしなかった。駅まで送って、改札で笑顔で手をふってくれた。

暗い気分で電車に乗った。電車は混んでいて、みんな浮かれているように見えた。私ひとりむっつりと吊革にぶらさがり、なんでなんで、と自分を責めていた。安田健介くん、百点じゃないか。私にはもったいないくらいのすばらしい男性ではないか。さっきあのまま部屋にいけば自動的に私たちは恋人同士になれたのに、なんで帰るなんて言ったのか。いや、本当は、その理由を私はわかっていた。

言えなかったのだ。きらきら光るピアスを見たとき、私の耳にはピアスの穴がないんだって、笑って言うことができなかったのだ。きっと数日後、私はこっそりお医者さんにいってピアスの穴をぱちんと開けるだろう。そうして、最初からピアスの穴があったように、次のデートで、もらったピアスをしていくのだろう。それが、安田健介くんと私の関係性になるだろう。安田健介くんを好きだという気持ちは、私をくたくたに疲れさせるだろう。そうして安田健介くんは、さみしい、というあの不思議な心持ちを、私に感じさせることはできないだろう。

　電車を降りて、おおぜいの人といっしょに改札を抜け、暗い商店街を歩く。一カ月前より、空気はじんわりとぬるくなっている。仕事も理解不能なまんまだし、百点の男の人からは逃げ帰るし、私って最低最悪だ。うつむいて歩く。幾人かが私を追い越し、角を曲がると、もうだれもいなくなる。五年後、十年後も、私はこんなふうなのかな。仕事もうまくいかず、百点の男も逃す三十歳なんて、なんかいやだな。うつむきながらアパートにたどり着き、共同ポストの銀色の扉を開ける。郵便物の上に、白いビニール袋がまるめて突っ込んである。なんだ、これは。よりによってこんな日に、いやがらせだったらつらすぎると、おそるおそる取り出してみる。コンビニエンスストアの袋だった。そうしてなかには、うに煎餅が一袋、入っていた。パッケージに油性マジックで何か書かれている。

チョコのお礼。飴より煎餅好きだよな。

悟くんである。馬鹿か。うにせん買って、わざわざ届けにきたのか。ピンポン押してもいなくて、少し待ってみて、帰ってこなくて、あきらめてポストに突っ込んで帰ったのか。たかがうに煎餅なのに。そうだよ、私は飴よりうに煎餅が好きだよ。

白いビニール袋と郵便物を抱えて、三階ぶんの階段を駆け上がる。馬鹿か。馬鹿か。そう思っているくせに、笑い出したくなっている。電話して言ってやろう。ばーか、何やってんの、って言ってやろう。私、今日ほっけのお刺身食べたんだよ、食べたことあるないでしょう、あははははは、ざまあみろ、って言ってやろう。

せわしなく鍵を開け、暗い部屋に入る。玄関先にしゃがみこんで、靴を脱ぐより先に携帯電話を取り出している。携帯ディスプレイの明かりが、ほんのりと周囲を照らす。正しくて美しくてプラスなことはいつだって肯定すべきで、間違っていてださくてマイナスにしか思えないことはいつだって遠ざけるべきだという、至極まっとうな計算式が、いつのまにか、私のなかでは通用しなくなっていることに気がついた。社会に出るということは、ううん、生きていくということは、ひょっとしたら、だれよりもときめかない男に恋をするようなことなのかもしれないねと、それは電話ではなくて、今度会ったときに言ってみよう、そう思ったとき、携帯電話の向こうから、どこいってんだよー、と間抜けな声が聞こえてきた。

Presents #6

合い鍵

ふられた。信じられない。ふられてしまった。

森本博明とは、八年間つきあった。八年間だ。私は二十歳だったし、博明は二十一歳だった。

八年のあいだに、いろんなことがあった。大学を卒業し（私）、一年留年し（博明）、ちいさな広告代理店に就職し（私）、旅行会社に就職し（博明）、広告代理店が倒産し、三カ月の無職期ののち編集プロダクションに再就職し（私）、仕事に忙殺され（私）、旅行会社に見切りをつけて音楽会社に就職し（博明）、担当した女性ミュージシャンが馬鹿売れし（博明）、忙しすぎて過労で三日間入院し（私）、のりにのっているはずなのにいきなり写真をやりたいと専門学校に通いはじめ（博明）、フリーのカメラマンを名乗るようになり（博明）、最近ちらほらと写真の仕事が入りはじめ（博明）、前よりは自分のペースで仕事ができるようになった（私）。

ほかの人たちがどうだかはわからないけれど、本当にめまぐるしい八年間で、けれどそのあいだ、私たちは二人でいろんなことを乗り越えてきた。

たとえば貧乏。私の三カ月の無職期は、冷蔵庫には賞味期限の切れたソースしか入っていなかったし、学生時代の、流行遅れで毛玉だらけのオーバーコートで冬を過ごした。そのとき博明は旅行会社で働いていたから、居酒屋でよくごはんをおごってもらった。そんな貧乏時に映画を観られたのは、博明が金券ショップで私のぶんもチケットを買ってくれたからである。

博明が音楽会社を辞めて専門学校生になったときも、洒落《しやれ》にならないくらい彼は貧乏になった。いきなりカメラなんかはじめたものだから、一から道具を揃えなければならず、博明は生活費を削ってそれらを買い、さらにアルバイトをふたつ掛け持ちしていた。デートはいきなり質素になったが、私はなんとも思わなかった。無職期の私を彼が助けてくれたように、私もすすんで彼を助けた。週末はごちそうを作ったし、洗濯物は預かったし、ときには奮発して豪勢な食事をおごったし、カメラ部品をプレゼントしたりもした。

それから多忙。編集プロダクションで働きはじめた当初は、仕事のさばきかたがまったくわからず、人が一時間でできることに私は三時間必要とした。帰りはいつだって午前一時、二時で、ときには土日も事務所にいかざるを得なかった。

博明の担当したミュージシャンが売れたときもたいへんだった。博明の睡眠時間は平均三時間ほどだったし、お給料は上がったのに買いものにいく暇がなく、着ているものはよれよれ、ごはんもきちんと食べないから頰はこけ、貧乏暇なしみたいな風貌だった。

そんなときだって、私たちは合わない時間をそのまま放置することはしなかった。携帯電話もまだ普及していなかったというのに、しょっちゅう連絡を取り合って、三十分でも一時間でも合えば、待ち合わせていっしょに食事をし、酒を飲み、マシンガンみたいに話をした。どうにも会えない日が一週間続くと、私たちはどちらかの部屋にいった。相手が眠っていてもかまわなかった。眠る顔を見ながら短い睡眠をとり、明け方、置き手紙をして仕事に向かった。

病《やまい》もある。私が三日間の入院をしたとき、付き添ってくれたのは家族でもなく女友達でもなく、博明だった。下着やパジャマを持って帰り、洗濯して次の日持ってきて、アイスクリームや漫画やメロンをせっせと差し入れしてくれた。

博明は大病はしないが扁桃腺《へんとうせん》が弱く、しょっちゅう熱を出した。発熱の連絡をもらうと、どんなに忙しかろうが私はいつもすっ飛んでいった。クラッシュアイス、薬数種類、鍋焼きうどんセットもしくはたまご粥《がゆ》セットを商店街で調達し、両手にそれらを提げて彼のアパート目指して駆けた。

それに喧嘩。もちろん、いつ何時《なんどき》もうまくいっていたわけではない。ささいな喧嘩は幾度もやった。一週間ぶりの私との約束を、学生時代の友人との麻雀大会で彼がすっぽかしたとき。彼がはじめて撮った写真の紙焼きを、ゴミだと思って私が捨ててしまったとき。出会う前に交際していた相手への、幻みたいなやきもち。結局誤解だった浮気疑惑。

そんな全部、でも、私たちは乗り越えてきたのだ。結婚式で牧師が読み上げる、病《や》めるときも、貧しいときも、というあのせりふを、なんの宣誓もなしに、手を取り合って実践してきたのだ。

それがこの先もずっと続くはずだった。貧乏も多忙も病気も喧嘩も乗り越えてきた私たちに、この先何が起きようとへっちゃらなはずだった。そう思っていたのが私だけだったなんて。

話がある、と博明に呼び出されたのは先週の日曜日だった。最近、フリーランスになって時間ができた博明と違って、新企画を立ち上げるグループの副主任に抜擢された私は、何回目かの多忙期に突入していて、そんなふうに待ち合わせて会うのは、二週間ぶりだった。せっかくの休みの日、夕方まで寝ていたかったけれど、あんまり博明の声が切実なので、昼過ぎに起きだしてシャワーを浴びた。

声が切実なのは、それほど私に会いたいからなのだろうと思った私は、正真正銘の阿呆だ。そんなに会いたいのならと、念入りに化粧をし、口笛を吹きながら、あれでもないこれでもないと服を組み合わせていた私は、ほんものの馬鹿だ。

博明が指定したのは、園内に何百本だかある桜が有名な公園だった。その公園では博明と何度も花見をした。二人だけで桜の下を散歩したこともあったし、学生時代の友人や、たがいの友人を交えて、盛大な宴会をしたこともある。

けれどすでに桜は散っていて、薄緑の葉がいっせいに伸びはじめている時期だった。そういえば、今年は花見をしなかった、話があるなんて言って、かろうじて残っている花の残りを見ようという粋《いき》なはからいなんじゃないかなんて、のんきなことを思いながら公園に急いだ。

公園の入り口に休憩所のお茶屋がある。店の前に、緋毛氈《ひもうせん》を敷いた椅子をいくつも並べている店だ。博明は先にきていて、椅子に腰掛け、缶コーヒーを飲んでいた。お茶屋で売っているおでんを買って、私は彼の隣に座った。大根とちくわを半分にして、食べる？

と訊いたが、博明は無言で首を横にふった。日本酒でも飲もうか？　と訊いてもまた首を横にふる。むっつりとして笑わない。

　それでも私は、これから博明が何を語り出すかわからなかった。不機嫌なのは、連絡を怠《おこた》ったせいだろうと思い、機嫌を取るようにして、おでんのたまごをまるごと一個彼にゆずった。いらないと博明は言ったが、押しつけるように渡すと、不承不承といったかんじで、一口でそれを食べてしまった。

　ちょっと歩こう、と博明は立ち上がり、私がおでんの紙皿を捨てるのも待たず、ずんずん歩いていってしまう。あわててあとを追いかけた。名残のような桜を、緑の葉が盛大に縁取《ふちど》っていた。公園内は家族連れやカップルで混んでいて、見上げると、葉桜の向こうに、青すぎて白く見える空があった。

　そうして、隣に寄り添った私に、いきなり博明は言ったのだ、好きな人ができたんだ、と。

　好きな人ができたんだ、好きな人ができたんだ、好きな人ができたんだ、好きな人。私は頭のネジがいかれたみたいに、その言葉を胸の内でくりかえした。それで、オチのない冗談だろうという結論を出した。

「それで？」私は訊いた。

それで、別れてほしいんだ、と博明は言うのだった。笑みひとつ浮かべずに、私のことを見ようとすらせずに。

博明の好きになった人は、同じくフリーランスで写真を撮っている三十一歳の女で、その女の個展を観にいって知り合ったらしい。数百本の桜で埋まった、春の陽射しのあふれる公園で、博明は淡々と話した。

その個展に並んだ写真は、人の部屋ばかりだった。人の気配のない人の部屋。電球や窓や、窓辺に飾られた人形や便座や、シャワーヘッドや空《から》の鍋や、脱ぎ捨てられたスリッパや頭のかたちにへこんだ枕。

すごいんだ、と博明は言った。無人の部屋を撮って、その部屋に住む人を彷彿《ほうふつ》とさせる写真なら見たことがあるけれど、彼女のは、徹底的に人の気配を排しているんだ、だから、映し出された生活の一部が、ひどく無機質なのにグロテスクなんだ、人の生活ってものすごくへんだ、ものすごくグロテスクだって、思っちゃうような写真なんだ。

彼女の写真について語っているときだけ、博明の言葉は熱を帯びた。私は隣を歩く博明の顔を見ることができなかった。こわかったのだ、彼の目線の先をたしかめるのが。

それでその写真家にどうしても会いたくなって、受付にいた彼女を、ずうずうしくいきなり飲みに誘って、初対面なのに七時間も居酒屋で語り合ったのだと、また淡々とした口調に戻って博明は言うのだった。

八年間ってこういうことだよな、と、歩調を合わせながら私はぼんやりと思った。もっとつきあいの短い人間なら、これからふろうとしている相手に、新しいだれかのことを熱く語ったりしないし、出会いの興奮を微細に報告したりしない。彼が今、私にそんないちいちを語っているのは、私を傷つけたいからではなくて、私ならわかってくれるという確信があるからだ。彼が何に魅せられ、何に心を躍らせ、何を欲しはじめているのか。

七時間後に居酒屋を出たときは、私と別れることを決めていたと、そこだけ申し訳なさそうなちいさな声になって、博明は言った。

「でも私たち、別れるなんてできるかな」

何が起きようとしているのかわからないまま、条件反射のようにつぶやいた。

すると、博明は私をじっと見おろした。そうして静かに言うのである。ぼくらの線は交わらない、と。

この一年ほど、ずっと考えていた。ぼくはきみのことが好きだし、いっしょにいた時間は本当に楽しかった。助けられたこともあるし、救われたこともある。けど、ぼくらはいつも別の方向を向いていて、歩き出そうと足を踏み出すとき、かならず違う方向に足を出すんだ。その線は交わらない。たぶん、このままどんどん、離れていくだけだと思う。

博明の言うことは不思議なくらいよくわかった。かなしみとは別の次元で本当によくわかった。

「でも、違う方向へ歩いている相手を、応援することはできる」私は言った。実際今までそうしてきたのだ。病めるときも、貧《ひん》するときも。

だけど、ぼくらの目の先にあるものはいつも違う光景だ。ぼくらにはなんにも作り上げることができない。この数年、ぼくらがしているのは、自分が見て、相手が見えない光景を、ただただがいに一生懸命説明しているだけだ。そうしてそういうの、今のぼくにはすごくしんどい。

私たちの横を、手をつないだカップルが通りすぎていく。八年前の私たちと同い年くらいだ。女の子がつま先立ちになり、男の子の髪についた桜の葉をとってやっている。すれ違う彼らが、八年前の私たちそのものであるような錯覚を抱く。

「じゃあ、その女カメラマンは、おんなじ方向を見ているってわけだね」

皮肉で言ったのに、うん、ぼくはそう思っていると、生真面目《きまじめ》に博明は答えた。

「私もカメラをはじめようかな」

冗談で言ったのに、そういうことじゃないんだと、これまた生真面目に博明は言った。

「決めたんならしかたないね」

私は笑って言ってみた。今すぐ空から宇宙人が降りてきて、地球を征服してしまえばいいと思いながら。

「ごめん」

自分が傷つけられたように博明は言った。

ふりかえると、八年前の私たちの姿は、家族連れや散歩中の大型犬にまぎれて、もう見えなかった。こぼれるような葉桜が、ゆるやかな風にそわそわそわそわと揺れていた。

神さま、信じてもいないだれかに向かって私は胸のなかでささやく。神さま、あなたをこれから数日間呪うけど、でもひとつだけ感謝していることがある。数時間前、お洒落をする時間をあたえてくれてありがとう。八年間いっしょにいた男の人に、最後に見せる姿が、ちゃんときれいでよかった。くまの消えない素顔に膝《ひざ》の出たジーンズなんかじゃなくてよかった。そのことだけは感謝する。だから願わくば、彼が私を思い出すとき、今日の姿でありますように。その場で泣きわめいたり汚い言葉をつぶやいたりしないために、私は最後の言葉を、呪文のようにくりかえした。

そうして今日が、八年ぶりにたったひとりの予定なき週末である。

先週の日曜日は、最後の晩餐だと博明を説き伏せて、公園の近くにある焼鳥屋でさんざっぱら飲んでから別れた。杯《さかずき》を重ねるうち、別れたってぜんぜんだいじょうぶだというような気になって、駅では笑顔でバイバイと手をふった。ありがとう、すごく感謝している、ぼくもだよ、本当にありがとう、なんてにおいたつようなせりふを真顔で言い合って別れ、帰り道、酔いがさめないように缶チューハイを買いものかご一杯になるほど買って、部屋でひとり飲み続け、飲めば飲むほど別れたことは正解に思え、それで、意気揚々と、これからは仕事だ、思いっきり仕事をしてみよう、と声に出して言い、一カ月に一度書くか書かないかの日記にも、強い筆跡でそう書き記した。

翌月曜日も、二日酔いで、落ちこんでいる場合ではなかった。がんがんする頭を抱えて朝一番に事務所へいき、積み上がった仕事を黙々とこなした。十時を過ぎて次々と社員があらわれ、酒くさい息を吐きながら仕事をしている私に驚いていた。

実際仕事はやってもやっても終わらず、その日も終電にぎりぎりで駆けこみ、いいぞ、とひそかに思っていた。このままずっと忙しければ、博明がいなくなったことを意識しないですむだろうと思ったのだ。

ところがである。新企画は、木曜になってぽしゃった。スポンサーだった製薬会社が土壇場になって手を引いたのである。いきなり暇になった。昨日なんか、金曜日だったというのに家に帰ってきたのは七時半である。

そうしてなんの予定もない土曜日。日が暮れるまで眠ってやろうと思っていたのに、十時前にぱちりと目が覚め、それきりもう眠れない。しかたなく起きだして、コーヒーを淹《い》れて飲んだ。カーテンを開けると外は快晴、隣家の庭の木々は、はじけるくらい鮮やかな緑の葉を揺らしている。ひとりきりという言葉に、まるで似合わない五月の爽快。

髪でも切るか。コーヒーを飲み干して、いきおいをつけるために大きな声でそう言ってみる。失恋には、やっぱヘアカットでしょ。声とは裏腹に、私はぐずぐずと寝間着を脱ぎ捨て、ジーンズに足を通す。

「うーんと短くしてください」

と、なんだか恥ずかしいようなせりふを、近所の美容院で私は言っている。はじめて入った美容院である。私よりもずっと若いだろう美容師が、「じゃ、思いきっていっちゃおうかあ」と、軽い調子で答えるのを、上《うわ》の空で聞いた。

しゃきしゃきと耳元で心地よい音がする。ガラス張りの美容院からは、商店街が見える。先週の日曜日と変わらないおだやかな天気で、なんだか裏切られたような気持ちになる。私に何が起きようと世界は変わらず前に進み続ける。朝がきて夜がきて夏がきて秋になって。花が咲いて葉がそれを隠してやがて葉は変色して。私は目を閉じる。なんにも考えなくてもいいように。しゃきしゃきしゃき。はさみの音が大きくなる。

ほぼ一時間ののち、鏡のなかに見知らぬ女があらわれる。つるりとした額《ひたい》、剝《む》き出しになった首。「短いの、ぜんぜん似合いますね、正解っすよね」若い美容師が言い、鏡のなかの女は困ったように笑っている。

五千二百円になります。受付で言われ、鞄から財布を取り出したそのとき、銀の鍵が音をたてて床に落ちる。犬のキーホルダーがついたその鍵を、あわてて私は拾い上げる。素知らぬ顔で一万円札を差しだし、お釣りを手渡され、美容師に頭を下げて美容院を出る。首筋がすうすうする。さっき落ちた鍵を、歩きながら取り出して、じっと眺める。

博明の部屋の鍵だった。多忙を極めて会う時間を作るのが難しくなったとき、博明がくれたのだった。犬のキーホルダーは最初からついていた。受け取ったときの気持ちをまだ覚えている。手渡されたのはただの合い鍵なのに、世界に向かって開かれた扉の、秘密の鍵をもらったみたいな壮大な気分になったのを覚えている。それをさしこんで扉を開けば、世界のぜんぶ、アスファルトに貼りついたガムや干《ひ》からびた犬の糞《ふん》ですら、とてつもなく意味を持ってそこにある、たいせつなものに思えてしまう、そんな鍵。それくらいうれしかったのだ、こんなにちいさな銀の鍵が。

そうして今、不思議なことに、そのときとおんなじ気持ちが、体の一番奥のほうからゆっくりとわきあがってくるのを私は感じている。この鍵が開けてくれる部屋へは、私はもう二度と入れないというのに。

もう使うことのない合い鍵を、私は強く握りしめる。たしかにこれは、八年間いっしょにいた一番近しい人からの、最後の贈りものなのかもしれない。この鍵で、実際私は世界の扉を開けたのだ。だれかとともにいること、信じること、愛すること、乗り越えること、あきらめること、かなわないこと、上を向くこと、思いきり泣くこと、やきもちをやくこと、歩き出すこと、進み続ける時間に目を凝《こ》らすこと、ぜんぶこの鍵で開けた扉の向こうにあった。それらはもうすでに私の手のなかにあり、この先ずっと失うことがない。今、用無しの銀の鍵はそんなことを私に告げている。いつか、博明の顔を思い出せないくらい時間がたっても、この鍵はひょっこり出てきて、私にくりかえし告げるだろう。

捨てたもんじゃない、世界も恋も、と。

Presents #7

ヴェール

ドレスを着終わったが全身が映る鏡がない。モップを洗うために低い位置に設けられた洗面の鏡には、胸のあたりまでしか映らない。私の背後からのぞきこむ母が、ちゃんとした式場にすればよかったのだと、まだぶつぶつと文句を言っている。

結婚式はちいさな教会で行うことにした。私も一弥《かずや》もキリスト教徒ではなかったが、結婚式場を借りるなんて、なんだか恥ずかしくてできなかったのだ。大きな式場でフルコースを食べながら祝ってもらうような、そういうことをはじめるのではないと、私も一弥も思っていた。けれど結婚式はしたかった。それで、あたらしく住まう町の、こぢんまりした教会に三カ月通い、六月の終わり、結婚式をさせてもらうことになった。

正面が低いステージになっていて、パイプオルガンとアップライトのピアノ、牧師が説教するための壇がある。ステージの両袖に物置部屋があり、そこを控え室として使うことになった。

右側を私、左側を一弥。

イースター礼拝で子どもたちが使った衣裳や小道具、モップや掃除機やバケツ、それらに囲まれた狭苦しい空間で、私は苦労してウェディングドレスを着、胸までしか映らない鏡をのぞきこんでいる。

「それより、あれはどうしたの、ほら、頭にかぶる、あれ」

ひととおり文句を言い終えた母が、箱から白いハイヒールを出しながら訊く。はりきって着物を着た母が動くたび、樟脳《しょうのう》のにおいが強く漂う。

「ああ、ヴェール」

私は時計をさがして壁に目を這わせるが、ところどころ染みのある白い壁に時計は掛かっていない。今何時、と母に訊くと、

「もう二時半になるわよ。まさか忘れてきたんじゃないでしょうね」

母は隅にまとめた荷物を掘り起こしながら、責めるような口調で言う。

「届けてもらうことになってるんだけど」

さすがに心配になり、私はちいさな声で答えた。

「届けてもらう？　だれが届けてくれるの、遅れたらどうするの、あれがないと、あんた、

なんだか様になんないわよ」

　式は三時からである。母のいらいらした声に私も焦りはじめる。物置部屋のドアがノックされ、親戚が数人顔を出す。母はぱっと顔を輝かせ、いそいそとドアに向かう。

「まあ、サトちゃん、きれい」薄紫のツーピースを着た寿子《ひさこ》おばさんが陽気な大声を出し、

「史弘《ふみひろ》に見せてやりたかった」明弘《あきひろ》おじさんが亡き父の名を口にして、早くも涙ぐみ、

「見てるわ、見てるわよ史にいさんは」着物姿の蔦枝《つたえ》おばさんが、どことなく芝居じみた口調で明弘おじさんをなぐさめる。ドアから顔を突き出す格好で、ひととおり騒いだ親戚たちは、怪訝《けげん》な顔をして物置部屋をぐるりと眺めまわしたあと、「それじゃあ、楽しみにしてる」とドアを閉めた。

「ほら、みんなへんな顔してたじゃない。こんなところでドレスに着替えるなんて、なんだかうさぎ小屋からお嫁にいく人みたい」

　母は眉間《みけん》に皺《しわ》を寄せてため息をついたが、私は思わずふきだしてしまった。

「何、うさぎ小屋って」

　笑い出したそのとき、ノックもなくドアがいきおいよく開かれ、数人がどやどやとなだ

れこんできた。物置部屋は突如、香水のにおいに満たされる。

「ごめん、遅れた」千尋《ちひろ》は光沢のあるグレイのドレスを着ている。

「なおブーが遅刻して」衿子《えりこ》は淡いピンクのワンピース。

「だって聞いて、千尋からまわってきたのが昨日の夕方なんだよ、それで縫い終わったらもう朝の四時で」黒いパンツスーツの直海《なおみ》は、たしかに寝不足らしく目が充血している。

「私が悪いんじゃない、その前のゆりっぺからもう遅れてたの」千尋は唇をとがらせ、

「そんなことより、早く渡そうよ」ノースリーブの青いドレスをまとった友里恵《ゆりえ》が、大きな紙袋を持った直海に言う。彼女たちのいきおいに圧倒されて、母は部屋の隅でぽかんと私たちを見ている。

四人はドレスの裾《すそ》が床につくのもかまわずしゃがみこみ、紙袋からていねいに丸い箱を取り出す。帽子が入っているようなその箱には、濃紺のリボンがかけられている。白く細い友里恵の指が、するするとリボンをほどく。思わず私も、彼女たちの輪に加わってしゃがみこんだ。パールピンクのマニキュアを施《ほどこ》された直海の手が、どこかもったいぶった仕草でそっとふたを開ける。

「わあ」私は思わず声を出す。なかに入っているヴェールを、そっと、そっと、こわれも

のを扱うように千尋は取り出し、しゃがみこんだ私の頭に、重々しくそれをかぶせた。歓声が上がる。

「すごい、すてき！」「私たちってやっぱりセンスいい」「ちょっと鏡で見てみて」「あとできちんとピンで留めるから」「大成功じゃない、徹夜したかいがあった」「ほら、サトちゃん、見てみて」彼女たちは甲高い声で騒ぎながら、しゃがみこんだ私を立たせ、鏡の前に連れていく。

端のところどころ錆びた、長方形のちいさな鏡の前にかがんでみる。ヴェールをかぶった私が映る。オーガンジーのヴェールには、まるでパッチワークのようにさまざまな種類のレースやフリルが縫い合わされていて、頭上のところに生花が控えめに飾られていた。「サムシングブルーっていうでしょ、だから真っ白じゃなくて青い花も混ぜたの」「サムシングオールドともいうでしょ、だからね、ここについているピンは、私が小学生のときのもの」「ねえ、ピンで留めてみよう、サトちゃん、ちょっとしゃがんで」

私はその場で中腰になる。手先の器用な衿子が、ヴェールをピンで留めてくれる。衿子のつけた甘い香水のにおいが鼻先をかすめる。中腰でじっとしている私をのぞきこむ千尋や直海の顔の輪郭が、ふいにぼやける。

「ああっ、泣いちゃだめ！　マスカラが落ちるっ」友里恵が叫び、「年取ると、ほんと涙もろくなるから」衿子が笑い、「やだ、サトちゃん本当にきれい」直海が人差し指で自分の目の下をおさえ、「なおブーまでもらい泣き」千尋が呆れ顔で笑う。彼女たちの矢継ぎ早の会話と、身につけた衣服の色と、混じりあい部屋に満ちる香水のにおいで、うさぎ小屋みたいに素っ気なくみすぼらしい部屋は、もうすでにパーティ会場であるかのような華やかさである。

千尋、直海、衿子、友里恵、私。私たち五人は、入学した高校のクラスがいっしょだった。新学期そうそう、くじ引きで行われた席割りで、たまたま近くの席になった。たまたま近くの席だったから、なんとなくいっしょにお弁当を食べるようになり、その延長のようにみんなで下校するようになり、気がついたら、いつも五人で行動するようになっていた。二年に上がってクラスが分かれてしまっても、私たちは集まってお弁当を食べ、待ち合わせていっしょに帰った。そのまま十五年。三十歳になった私たちは、十五歳のときとまったく変わらず、待ち合わせては食事にいき、だれかの部屋に泊まりにいく。高校時代からつきあいはじめた恋人に突然ふられた千尋をカラオケ朝までコースでなぐさめ、第一志望だった出版社に採用が決まった友里恵をフランス料理で祝い、二十五歳で「はじめて人を好きになった」と真顔で言う奥手の直海に真剣に恋愛アドバイスをし、中古マンションを買うのだと息巻く衿子につきあって、いくつか物件をともに見てまわった。

結婚に至るまでの私と一弥の関係も、この四人は知っている。一弥とは二十歳のときに交際をはじめた。彼女たちは、はじめて恋人ができた私のでれでれしたのろけを呆れながらも聞いてくれた。その四年後、働いていた化粧品会社に、中途採用で入社した男の人を私は好きになるのだが、そのときも、一弥がいいとか、新しい人に賭けてみろとか、彼女たちは我がことのように言い合ってくれた。結局私は一弥と別れるのだが、新しく好きになった人はとんでもなく女性にだらしのない人で、一弥と別れて半年で、見事彼の便利女と化した私を、激しく叱責《しっせき》するのもまた、彼女たちだった。「チュウト」というのが、彼女たちが彼につけたあだ名で、それに倣《なら》えばチュウトの周囲には、自分こそ彼の恋人であると思いこんでいる女が二人おり、その二人に会えないときや、二人にそれぞれの存在がばれて揉《も》めはじめたとき、チュウトは避難場所のように私のところに逃げこんでくるのだった。それでいて、私が彼に近くにいてほしいときには、けっしていてくれることのない男だった。

人の気分というのはプリンみたいだな、とそのとき私は思ったものだった。型ひたひたに液が満ちていないと、きれいにプリンは作れない。だから、プリンの液を流しこみ、嵩《かさ》が足りないと、もっと注ぎこまなくてはいけない。チュウトは私にとって、そのプリン型に空《あ》いたちいさな穴みたいな存在だった。私のプリン液は、そのちいさな穴からいつもしたたり落ち、型いっぱいに満ちることはなく、空いたぶんを、だから私は他のもので満たそうと心血《しんけつ》を注ぎはじめる。

二十六歳からの二年は、私の人生でもっとも荒れすさんだ時期だった。チュウトで埋められないぶんを、ほとんど行きずりといってもいい人に私は求めた。バーで隣り合った人、クラブでナンパしてきた男、飲み会でいっしょになった友だちの友だち、たまたま再会した大学時代の同級生、私と私の日々にはいっさい関係のない彼らと、なんでもないことのように私は関係し続けた。そのとき友里恵の恋人だった男に酔って誘われ、ホテルに泊まりすらしたのだ。しかしなぜか、一晩だけ満ちたように思えたプリン液は翌朝ふたたび目減りして、プリンはなかなかきちんとできあがらない。それどころか、ますます型くずれをひどくする。

そのことを、さすがに私は四人の女友達に隠していた。軽蔑されるだろうと思っていたし、彼女たちだけには軽蔑されたくなかったから。彼女たちとはいつもどおりつきあっていた。月に何度かの食事、終電を逃したのちのお泊まり会。だれかの恋の行方を聞き、仕事の愚痴や近況を話し、休みの旅行を計画し、馬鹿話で笑い合う。

そうしてあれはいつだったか――どこかのレストランだったか、それとも騒々しい居酒屋の片隅だったか、とにかく、深夜をとうに過ぎつつある時間だった、衿子が前後の脈絡なく言ったのである。どんなことをしても、どんなふうにしても、サトちゃんはサトちゃんで、サトちゃんの持っている美しさというのは、ぜったいに失われることなんかない、ただ私が許せないのは、その美しいところをだいじにしない人だ、踏みにじろうとする人だ。

なんのこと？　と私はそらっとぼけて言ったと思う。みんな衿子の言葉は聞かなかったふりをして、飲みものを追加したり、年若い店員の品定めなんかをしていた。

ねえ、たまたま席が近かったからにすぎない私たちが、なんでこんなに長い時間いっしょにいると思う？　それはね、きれいと思うこと、美しいと思いたいことが、みんないっしょだからだと私は思うんだよ。いっしょにお弁当を食べたあの三年間で、たぶん、私たちはおんなじものを見てきれいだと思うようになった、だからいっしょにいるんだよ。汚いと思うものがおんなじでもこんなには仲良くならない。きれいだと思うものがおんなじじゃなければ、いっしょに時間を過ごすことなんか、できないんだよ。

玲子はそう真顔で言った。それなのに私は、なんか抽象的なことを言うんだね、と茶化したように言ってトイレに立った。便座に腰掛けて、そうして少し泣いた。ぜんぶばれてる。私のやっていること、めちゃくちゃなこと、ぜんぶばれてる。なのに玲子は私を責めないんだ。私は自分がきれいだなんて思わない、反対だ、汚いと心底思う、なのに玲子は、私のなかのほとんど死にかけている部分を両手で覆って、馬鹿みたいに守ろうとしている。洟をかむためにトイレットペーパーを引き出すと、銀色のふたが揺れてからからと鳴った。

一弥と再会したのは今から一年半前、私は二十八歳だった。玲子たち四人と例によって飲むために集まったベトナム料理屋に、たまたま同僚といっしょに彼がいたのだった。私たちは短くぎこちない挨拶を交わし、たがいの席に戻って飲み続けた。一弥たちのグループのほうが先に店を出た。

行けっ！　いきなり玲子が怒鳴った。行けっ、追いかけろっ！　するとみんなも、ふざけていっしょに言いはじめた。そうだ、いけいけ、一弥をつかまえろ！　彼女たちに荷物を持たされ、追い出されるようにして店を出た。数十メートル先、同僚と別れ、ひとり歩いていた一弥のうしろ姿があった。それはなんだか、山奥で見つけた民家の明かりみたいで、私は思わず駆け出していた。

「それにしても、最初に結婚するのがサトちゃんだったとは」ヴェールの位置をなおしてくれながら衿子が言う。

「私たちって今の女って感じよね、三十歳ではじめての花嫁だもん」友里恵がきょろきょろしているのは、灰皿をさがしているのだろう。

「次はなおブーだね」私は言う。直海は今年の秋に結婚することが決まっている。

「何をもらおうかなあ」

「このヴェール、使いまわしでどう」

「そんなのはいや、どうせならみんなでウェディングドレスを縫って」直海は高校生のときみたいに頬を膨らませて言い、私たちは笑う。

「まあまあ、みなさん、すみませんねえ。こんなにきれいなものを作ってくださったの」

マシンガンみたいな矢継ぎ早の会話に気圧《けお》されていた母が、我に返ったように話に加わる。彼女たちはようやく母の存在に気づいて、ご無沙汰していますとかおめでとうございますとか、急に大人びた口ぶりで挨拶を交わす。ドアが遠慮がちにノックされ、パイプオルガンを弾くことになっている女性が顔を出した。もうそろそろお時間ですと、おだやかな笑みで言う。

ひょっとしたら、とときおり私は思う。ひょっとしたら、あの日あの店に一弥がいたのは、偶然ではないのかもしれないと。それでも私は何も訊かない。それならそれでもかまわない。一弥に再会させてくれたのが、神さまでも衿子たちでも、私にはどちらも同じに思える。

物置部屋を出ると、反対の部屋から、一弥が出てきたところだった。タキシードを着た一弥は、ふだんより子どもっぽく見えた。私を見て「お」という顔をする。衿子が彼に向けてピースサインをすると、一弥もにっと笑ってピースサインを返した。四人は私のドレスとヴェールがきちんとしているか確かめると、そそくさと席に着く。彼女たちの香水がほんのりと周囲に漂っている。

白い布地の敷かれたバージンロードを母と歩くため、私はいったん教会の外に出る。梅雨の晴れ間で、空は夏みたいに高い。ゆるやかな風に、フリルやレースがたくさんついた真っ白いヴェールが静かになびく。陽射しを浴びて、まるでそれ自体が発光しているかのように、ちらちら、ちらちらと輝き続ける。陽射しのなかで縫い目がはっきりと見える。ミシンみたいに几帳面な縫い目はきっと衿子だろう。縫い目の大きさがばらばらなのは、きっと直海。アンティークみたいなレースを選んだのはきっと千尋で、工夫して生花をくりつけたのは友里恵。彼女たちが大騒ぎしながら布地を選んでいる様が、まるで見たかのように鮮やかに浮かぶ。

「なんだかずいぶんと変わったヴェールよね」母がまぶしそうに目を細めて言う。

「でも、きれいだわ」私は言う。

「まあ、きれいはきれいよ。あんたにはよく似合うわ」

そう、きれいだわ。私は心のなかで言う。衿子の言っていたことが今ならわかる、「たまたま」が私たちを結びつけているんじゃない。私が持っていると彼女が言った美しさは、彼女たち全員の内にもあるものなのに違いない。私たちはこれから、結婚しようが離婚しようが未婚でいようが、男にふられようが浮気されようがふたまたをかけられようが、仕事で成功しようが失敗しようがリストラにあおうが、つまずいて絶望しか見えなかろうが明日がこわくなろうが、うんと幼いころからきっとあり続けるに違いない、そのきれいなものを、踏みつぶされないようぺしゃんこにならないよう、じっと守っていかなくてはいけないのだ。あのとき、衿子がそうしてくれたように、しゃがみこんで両手でたいせつに覆って。

　教会の内部からパイプオルガンが聞こえてくる。係りの女性が、木製の重たいドアを開けてくれる。おもてがあまりにもまぶしいせいで、開かれた扉の向こうはほとんど闇に見える。私は樟脳のにおいのきつい母と腕を組み、白い布地の上をゆっくりと歩きはじめる。

　奥へ進むにしたがって、暗闇のなか、ぼんやりと人の姿が浮かび上がる。ずっと先に立つ一弥がぼんやり見える。一弥はふりかえって私を見ている。カメラをかまえた衿子や目尻にハンカチを押し当てる明弘おじさん、少女のように両手を胸に押し当てている直海が見える。パイプオルガン、木製の椅子、壇に立つ牧師、花瓶に盛大に飾られた花、ヴェールごしに見る世界は、驚くほどやわらかく、息をのむほど美しかった。

Presents #8

記憶

三日の次は三カ月、三カ月の次は三年……って聞いたことあるけれど、あれはなんだっけ。日記とか習いごとが、三日続けられれば三カ月、三カ月なら三年、ってことだっただろうか。それとも恋愛や結婚のことだったかもしれない。三日続けば三カ月うまくいく、というような。あるいは、三日、三カ月、三年ごとに何か危機があるのだったか。

そんなおぼろげな記憶を、どこかけんめいになって引っぱり出しているのは、私たちは結婚三年目であり、そうしてどうやら、危機のまっただなかにいるからである。

陽一が浮気をした。言葉にすればこんなにも軽い。陽一が私ではない女の人と寝た。こんなにもなんでもない。私は言葉なんて信じない。

タオルと化粧品と替えの下着を床に並べ、ひとつずつボストンバッグに詰めていく。テレビもつけずCDもかけず、料理もせずおしゃべりもしないとなると、この部屋はびっくりするほど静かだ。三年も気がつかなかった。床に座りこんだ私は顔を上げ、何ものっていないダイニングテーブルを見遣《みや》る。浮気が発覚した十日前から、私はストライキに突入して、食事も作っていないし部屋の掃除もしていない。

陽一がぜったいに浮気をしない人だと信じていたわけではない。買いかぶっているわけではなくて、そんなにもてない人でもないだろうし、愛だの性だのに関して潔癖な人でもないのだから。それに、私だっていつ、だれかとそういうことになるかわからない。そう思って結婚したし、そう思って生活してきた。だから、許すことだってできるのだ。二週間ほどストライキをして、あいまいに終わらせてしまうことだって。

けれど、なんだかどうでもよくなってしまった。

そもそも浮気発覚の原因は、ソファに投げ出されていた陽一の鞄だった。断っておくけれど私は夫の手帳や携帯電話や鞄のなかを、勝手にさぐるような女ではない。投げ出された鞄の口は開いていて、眼鏡ケースやら手帳やら携帯電話が飛び出てソファに散乱していた。そうして手帳の表紙に、ピンク色のポストイットが貼ってあったのである。若い馬鹿女が書いたのだろうとだれでもわかる文字で、「よーたんへ♡」とあった。よーたん。「よーたんへ♡　昨日の夜はほんとーにすてきだった♡　またよーたんの秘密基地につれていってね」とあり、その下に、ピントのぼやけたプリクラが貼ってあった。よくよく顔を近づけてみると、陽一と卵形の顔をした若い女が、頬をぴったり寄せて笑っていた。

私はしばらくソファのわきに立って、手帳にぺたりと貼られたポストイットを眺めていた。廊下の向こうの風呂場から、酔っぱらって帰ってきた陽一の鼻歌が聞こえていた。オレンジレンジ。大昔のロックしか聴かない男が、なぜかオレンジレンジ。

ソファのわきに立ち、つけっ放しにしたテレビの騒音と陽気な鼻歌を聞き流しながら、私が考えたのは、これは警告なんじゃないか、ということだった。警告、もしくは勧告。

結婚して三年になる私たちの暮らしは、ほとんどコピーペーストのようだった。毎朝かんたんな朝食をすませ、競うように家を出る。夜はだいたい私の帰宅のほうが早いので、料理を作り八時過ぎに二人で食べる。土日は昼過ぎまで眠り、ぐずぐずと掃除をはじめたり買い出しに出かけたりする。数カ月に一度映画を観て、お盆休みを合わせて近場を旅行する。変化のない平穏な生活。それに対しておたがいになんの不満もなかった。けれど、不満がないということと満足であるということは、なんとなく違うような気が、最近の私はしていた。平穏と書いてべつの読み方をしたらたいくつになるのではないか。変化のなさは惰性とは違うのか。性交する頻度が極端に減ったのは、夫婦として落ち着いたからではなくて、男と女でなくなりつつあるからではないか。今、なんとかしないと、のちのち気がついたときに、取り返しのつかないことになっていたりするんじゃないか。最近の私はそんなふうに思っていた。けれど日々の忙しさに、そんな考えもすぐにまぎれてしまい、結局また同じ日々をくりかえしてしまう。

表紙に女からのメッセージを貼った手帳を、わざわざ目につくように置いたのは、彼が無神経だからではなく、やっぱり私たちの今に疑問を持っている彼の、無言のアピールなのではないか。だとしたら、なんとしよう。プリクラの背景に散る花を見つめ、さらに私は考えた。日曜日をジャージ姿で過ごすのはやめようか、エステにいこうか、デートに誘おうか、扇情《せんじょう》的な下着を買おうか、おいしい料理でも作ろうか。関係の活性化にいちばん効果的なのはなんだろう……。

しかし、風呂から出てきた陽一は、ソファの前に突っ立っている私の視線が、馬鹿げたポストイットに注がれていることに気づくと、こっちが動揺するくらいあわてふためき、ポストイットをはがしてまるめてゴミ箱に捨て、「ちが、ちが、ちがうんだ」と、まったくお決まりの言い訳をはじめたのである。ちがうんだ、この女ちょっと勘違いしてて、書類にこういうの貼って渡すんだ、おれだけじゃなく、ほかのやつにもそうなんだ、なんにもない、なんにもないんだよ。

どうやら浮気の証拠が剝《む》き出しになっていたのは、私への警告でもなんでもなくて、単純に、彼の無神経だったのだ。そう気がついたら、なんだか気が抜けた。数分のあいだにあれこれと考えた取り越し苦労もあったけれど、もっと何か空疎《くうそ》な気持ちだった。私たちの平穏な関係は、ここまで悪化してしまったのか、相手を傷つけるようなしろものを共有スペースに平気で出しておけるほど。

床に並べたこまごましたものは、すべてボストンバッグに収まってしまう。静かな部屋に、私とボストンバッグだけがある。これを提げて出ていくことを私は考える。立ち上がって玄関に向かわないのは、ただ、いく当てが思い浮かばないからだけだ。

陽一のことを嫌いになったわけではない。(その後白状した陽一の言葉を信じれば)たった一度酔っぱらってした浮気を、心底許せないわけではない。けれど、私たちが出会ったころに在ったものを取り戻すのは、ことごとく不可能に近い気がする。約束の時間に遅れた相手を案じたり、交わした言葉を胸の内で転がしながら眠ったり、今この瞬間、相手が幸福であるようにと唐突に祈ったりする、そういう気分は、もう二度と私たちのあいだには降ってこない気がする。

なんにも間違ったことはしてきていないはずなのに、なんだかずいぶんとへんな場所にきてしまったなと思う。ただ毎日を暮らしていただけなのに。好きでも嫌いでもない、支払いと家事だけでもない、結婚の中身っていったいなんなんだろう。

鍵をまわす音が聞こえる。廊下を歩く陽一の足音を、床に座りこんだまま私は聞く。

「ただいまー」ストライキ中の私に、何ごともなかったように陽一は明るく接し続けている。床に置いたボストンバッグに、彼がぎょっとしているのが気配でわかる。

「あのさー、プレゼントあるんだ」平静をつとめて陽一は言う。鞄から何かを取り出して、何ものっていないダイニングテーブルに置いている。ちらりと横目で盗み見ると、封筒が見えた。封筒？　中身はなんだろう。

「今度の土日、温泉いかない？　ほら、伊豆の、飯《めし》がやたらうまい宿。覚えてない？　部屋から海が見える……。インターネットで予約できたからさ、しておいたんだけど」

ああ、封筒の中身はバウチャーか。馬鹿だなあ。覚えてないはずないじゃんか。つきあって一番最初に二人でいった旅行だもの。けれど私はなんにも言わない。

「あっ、ひょっとしてそれ、旅支度？　おれがチケット買ってくるって、第六感でわかってた？　すげえなあ、超能力者並み」

わざとらしくふざけて言ったのち、

「風呂入ってこよーっと。久しぶりだよなあ、温泉」

いたずらをごまかす子どものような口ぶりで言いながら、陽一は風呂場へと向かう。私は目線だけ動かして、テーブルにのった封筒を見る。封筒の中身は、いったいなんなんだろう、と再度思う。もちろん中身はバウチャーなのだけれど、そうではなくて、彼が私に贈ろうとしているものがなんなのか、私は知りたいのだった。謝罪か、仲なおりのきっかけか、ストライキへの回答か、まだ残っている愛情か、それとも、何かもっとべつのものの？

終点の下田《しもだ》駅から、十五分ほどバスに乗る。バスを降りて、海を背中に坂をえんえんのぼる。予約をした旅館は、坂の途中にある。

チェックインして部屋に通される。障子《しょうじ》を開け放ちながら、

「すごい偶然だなあ、前にきたときもここに泊まったよなあ」

陽一は大げさにはしゃいだ声をあげる。

「この部屋じゃなかったよ」

私の記憶では、四年前に泊まったのはこの部屋ではなかった。もう少し狭かったし、窓

から見える海の角度が違う。けれど前にきたときを陽一が覚えていることに、少しばかり安堵していた。

そのほかのいろんなことも、陽一は覚えているだろうか。私は覚えている。男の子と旅行にいくのははじめてなんかではないのに、私は高校生みたいに緊張していた。部屋にいるのが息苦しくなって陽一を散歩に連れだした。なんにもない道をひたすら歩いた。男風呂と女風呂に分かれて、ほかに入浴客がいないのをいいことに、露天風呂の垣根越しに「気持ちいいねー」「海が見えるぞー」と、叫びあった。夕食後、風呂から帰ってきて、敷いてある布団にまたもや高校生みたいに赤面した。

私たちは向き合って、仲居さんの淹《い》れていったお茶をすする。菓子盆にのせてある温泉饅頭《まんじゅう》も、以前と変わらない。陽一がそれを立て続けに二つ食べるのも。開け放った障子の向こうには海が広がっている。海開きにはまだ早いが、梅雨の晴れ間の陽射しを浴びて、まるで夏のように海は輝いている。

「少し落ち着いたら、風呂にいく前に、裏の山のぼろうよ」向き合って座った陽一は、晴れやかな笑顔で言う。「ほら、古いお寺があったろう。ちいさなぼろ寺」

「覚えてるんだ」思わず私は言った。あのお寺のことなんて、陽一はすっかり忘れていると思っていたから。

「忘れるかよ」むっとしたように陽一は言い、ずずっと音をたててお茶をすすった。

私たちは宿を出て、のぼり坂を歩く。木々が緑の葉をうるさいくらい茂らせている。数軒の民家があり、どこかからピアノの音が聞こえてくる。おんなじところでつかえて、少し前からやりなおす。それを幾度もくりかえしている。ふりむくと、海は巨大な鏡みたいに空を映している。

歩きながら陽一はべらべらとしゃべった。こういう中途半端な季節に海の町にくるっていいもんだな、空《す》いてるし、なんか町が生活っぽくてさ。あと一カ月もすれば、海辺は芋洗い状態だからなあ。そんなどうでもいいことを。

のぼり坂の先に、細くて崩れかけた石段がある。木々の枝に隠されながら、石段はずっと上まで続いている。果てがないように見える石段に、光と影がくっきりと記されている。この石段を上がったところに、詣《もうで》る人のだれもいないような、ほとんど朽ち果てたお寺がある。

石段をのぼりはじめてすぐに、陽一はごく自然なかんじで私の手を軽く握った。不意打ちだったからどきっとする。私たちは無言で、手をつないだままゆっくりと石段をのぼる。

四年前もこうして石段を上がったのだ。陽一にすっと手をとられ、あのときも私はどぎまぎしていた。陽一はそんなふうに人の手をとるのだ。あまりにもさりげなくて、こちらがどきどきさせざるを得ないような、そんなふうに。

「あの寺でさあ、何祈ったのってなっちゃん訊いただろ」

唐突に陽一が言う。そんなことを言ったっけ。それは覚えていなかった。

「おれがずっと長いこと手を合わせてたから、何祈ったのか気になるって、けっこうしつこく訊いて」

「で、答えたの？」

「答えなかったら、旅館に戻るまで口きいてくれなかった」

陽一は笑う。それもまた、私は覚えていない。不思議なものだ、と思う。おんなじ場所を歩いて、おんなじものを見ても、私たちの記憶は食い違っている。じょじょに食い違っていくのではなくて、最初から食い違っているのだ。

「何を祈ったの」

「ええとさあ」陽一はうつむいて言いよどむ。言いたくないなら言わなくてもいいけど、と私が言うより先に、「なっちゃんと結婚して、それでずっといっしょにいられるようにって祈ったんだよね。なんかいろんなことがあっても、それでもいっしょにいて、最後は笑っていられるようにっていうか」

むっとした。それで、私はつっけんどんに言った。

「何それ。今さらとってつけたように」

「うん、ごめん」

「私は言葉なんか信じない」

「いや、でも」

「裏切ったのはあなたじゃないの」

「うん、ごめん」しおらしく謝ったあとで、陽一はくすくすと笑いだし、「でも、裏切ったって大げさだよ、ほんと、そんなんじゃないんだから」と言う。

「何それ」私は手をふりほどいた。「馬鹿にしてる。だいたい無神経なんだよ、思いやりに欠けるんだよ」ずんずんと石段を上がる。息が切れた。息が切れても速度をゆるめず、石段を思いきり踏んでのぼった。陽一がついてくる気配がないので、しばらくのぼったあと、そっとふりむいてみた。そうして私は、あ、とちいさく声を出した。

この光景。左右から飛び出す木々の向こうに、のっぺりと広がる海。海の向こうに黒々と横たわる島。斜めに傾いた太陽が海にのばす、ほのかに橙《だいだい》色の帯。四年前のあの日、私はたぶんこの同じ段で立ち止まり、そうしてふりかえった。今とまったく同じように、私の少しうしろに陽一がいた。陽一はまぶしそうに私を見上げて、つられるようにふりかえった。そうして私たちはしばらく無言で、眼下に広がるこの光景を眺めたのだった。デジャヴみたいに思えるけれど、デジャヴではなくたしかな記憶である。

「ねえ」

数段下にいる陽一に声をかける。ふりかえっていた彼はこちらを向く。

「四年前もこうしてここでふりかえったね」

陽一は覚えているか。これも私だけの記憶なのか。

「おれも今そう思ってた、おお、なんかデジャヴみたいって思ってた」

けれど陽一は言った。なんだかおかしくなって私は笑った。陽一も笑った。

四年前、ふりかえって、遠く広がる海と、海を背景に立つ陽一を見て、あたりにはやっぱりひとけがなくて、ゆるやかな風が木々の葉っぱを揺らすかすかな音が聞こえるくらい静かで、そのとき、ふたりきりだ、と私は体の隅々で実感したことも思い出す。

そう、あのとき私は思ったのだ。ふたりきりだ。世界にたったふたりきり。それはぜんぜんロマンチックなことではなくて、うすらさみしいようなことだった。私たちしかいない。何が起きても、起きなくても、それは私たちだけのことで、なんとかするのもしないのも、私たちしかいないんだなあ、そんなところに私たちはいるんだなあ、そう思った。その同じことを、私は今も、体の隅々で実感する。なんてちっぽけな私たち。

馬鹿げた浮気の償《つぐな》いのために、陽一が用意した贈りもの。あの封筒の中身は温泉旅行ではなくて、記憶だったのかもしれない。一瞬重なり合った、私たちの鮮明な記憶。たとえ言葉が全部嘘でも、記憶だけはほんものだ。

「記憶があるっていうのはすごいことだね」

海に背を向け、ふたたび石段をのぼりはじめながら、ひとりごとのように私は言った。

「時間って強いよなあ」

背後から、荒い息の合間にそんな言葉が聞こえてきた。私はなんにも返事をせずに、石段をのぼり続けた。足が痛み、息が切れたが、ペースを落とさず足を前に出し続けた。それでもいっしょにいて、最後は笑っていられるように。この先いったいどのくらいの時間を、私たちはともに過ごすんだろう。食い違った記憶と、隅まで同じ記憶とを持って。許したり許されたり、退屈したり無神経になったり、たった二人でくりかえしながら。

石段をのぼりきったときには、私も陽一も疲れきって、ぜえぜえと肩で息をしていた。ひとけのない、朽ちかけたお寺の賽銭《さいせん》箱まで近づいて、小銭を投げ、大きな鈴のついた縄を揺らし、手を合わせ目を閉じる。隣で陽一の荒い息が聞こえる。そっと目を開くと、陽一はまだ目をつぶって真剣に祈っている。

「何祈ったの」

祈り終えた陽一に訊く。

「秘密」

にやりとして陽一は言った。

「うわ、やな感じ」

「四年後にまた教えてあげよう」

「四年後にまた浮気でもするわけえ？」

「また蒸し返す、いやだなあ、あれは本当にさあ……」

「もう、いいってその話は」

陽一を遮って私は石段を下りはじめた。太陽はさらに傾き、海は橙色を濃くしている。

私たちが出会ったときに在ったものを取り戻すのは、たぶん不可能なんだろう。私たちふたりきりのちいさな世界に、それはもう二度とあらわれないんだろう。思うというよりは知るように私は考えた。けれどそれは、以前感じたほどかなしいことではないように思えた。私たちはまったくべつのかたちをした何かを、手に入れているはずなのだから。平穏と書いて、たいくつではなくまたべつの読みかたをするときも、この先あるのかもしれない。

木々がさわさわと音をたてる。光と影をぬって私は石段を下りる。光と影をぬって。よかった、と、やんなっちゃう、をぬって。隣を陽一が歩いている。眼下に広がる木々の緑は、金粉《きんぷん》をふりかけられたように薄く金色に染まっている。

Presents #9

絵

たとえばダイエットをはじめるとき、だれしも今よりすてきな自分というものを思い描くように、私もある理想を頭に描いてきたはずだった。陽のあたるリビング、食卓には絶えることのない笑い声、清潔なエプロン、台所にたちこめる料理のにおい。そうしたものを思い描いて結婚し、引っ越しをし、子どもを生み、育ててきた。そうしてたいがいのダイエットが失敗に終わるように、私の現在というものも理想からはほど遠い。

ひとりダイニングテーブルに座って、暗いリビングルームを見渡し、私はそんなことを考える。ソファには開いた夕刊と、クリーニング屋の袋に入ったままの夫のYシャツと、サスケの片方の靴下が置いてある。床には虫の絵のカードと漫画雑誌とサッカーボールが点々と落ちている。テーブルの上の明かりしかつけていないから暗くてわからないけれど、カーテンは去年の冬から替えていないから、季節はずれなうえ、裾《すそ》が汚れている。白い壁は黄ばみはじめていて、下の方に、サスケがちいさなときに描いたいたずら描きがある。

いくらこすっても消えないので、そのままにしてあるのだ。ダイニングテーブルの上には、バナナの皮と、牛乳のあとのついたコップ、公共料金の請求書。

このマンションを買ったのは、サスケが生まれたばかりのころだから、十一年前だった。それまで私と夫は、築三十五年のおんぼろアパートに住んでいたから、新築マンションの一部屋が、お城みたいに感じられた。広々していて、清潔で、陽がたっぷり入って。

あのときに見た部屋と、ここから見える部屋は、まったくおんなじ空間なのに、いつから魔法はとかれてしまったんだろう。ダイニングテーブルの私の席から見える部屋は、狭苦しく、清潔とは言い難く、陽は入るが、カーテンレールにいつも何かしらかかっていてそれを遮っている。

そうして、いつもにこにこと笑う母になるはずだった私は、つい数分前、必要以上の大声と必要以上の言葉数でサスケを叱りつけた。

サスケ、泣かないんだもん。何を言っても、歯を食いしばってぐっと私をにらみつける。もっとちいさなころからそうだ。そんなふうににらまれると、私はどんどんヒートアップしていって、言いたくないことまで言って、ときには足を叩いたり頭を小突いたりもして、そのうち、何を叱っているんだかわからなくなって、ただ泣かしたい衝動だけが残る。サスケが泣けば泣いたで、ひどい自己嫌悪。

そんなことも、四、五年のあいだだろうと思っていたのに、サスケはまだ赤ん坊のままみたい。今日の小言《こごと》のお題は、部屋を片づけないことと、玄関に靴を脱ぎ捨てるばかりか、置いてある家族の靴までぐちゃぐちゃにすること。これは何度言ってもなおらないからますます私の必要以上が増えていく。おとといはおとといで、マンションの玄関ポーチに植えてある低木の葉を、油絵の具で赤やピンクや橙《だいだい》色にぬりやがった。しかもその油絵の具は学校から勝手に持ち出してきたもの。さらにその三日ほど前には……と、このところ毎日サスケを叱っている。

サスケは毎回、泣かずに私をぐっとにらみつけ、そのあと部屋にこもる。朝になればけろっとして起きだしてくるけれど、そうしてサスケが部屋にこもってしまうと、私はなんだか、自分がサスケにたっぷりと叱られたような気分になる。

叱られて部屋に直行するサスケが、なかで何をしているのか私は知らない。もの音ひとつしないのだ。私はしょんぼりとダイニングテーブルに座って、サスケの部屋に耳をすませ、理想とこんなにもかけ離れてしまった自分にうなだれる。

玄関の鍵をまわす音がして、はっと我に返る。もう十二時近い。あわててバナナの皮を捨て、コップを流しに運ぶ。帰ってきた夫からはほのかに酒のにおいがする。

「また飲んでたの」うんざりして言うと、

「仕事だよ、仕事」夫もうんざりしたように答える。

外したネクタイをソファに投げ捨て、そのまま風呂に向かおうとする夫のあとを追いかけて、私はサスケの話をする。ひょっとしてあの子、なんとかっていう病気じゃないかな、ほら、部屋が片づけられない人ってそのなんとかいう病気なんでしょう。あの子の部屋、たまには見てみてよ、ものすごいことになってるんだから。それにね、玄関の靴、なんであんなにぐちゃぐちゃにしちゃうのかな、人の靴を蹴散らしたりふんづけたりする必然性なんて、ないはずなんだけど。

夫は脱衣所でようやく私を見おろし、「必然性」と重々しくつぶやく。そうして、人を小馬鹿にしたみたいに笑う。

「もっとのびのびさせてやればいいじゃないか。男の子なんだから」

夫の言葉で、とうに鎮《しず》まっていた私の全身の血がまた逆流をはじめる。男の子なんだから、じゃあ野良犬みたいになんの躾《しつけ》もしないでいいって言うの、学校からも再三注意を受けてるんだけど、のびのびさせてやってくれって学校にお願いする？　それに、呼び出されて仕事を早引けしなきゃいけないのはいつも私なんだよ、それで私の仕事はどんどんたまってくの、わかってる？

夫は私の訴えにまるで耳を貸さず、シャツを脱ぎズボンを脱ぎ下着を脱ぎ風呂場に入り、ぱたんと風呂場のドアを閉めてしまう。聞こえてくるのはシャワーの音ばかり。

私は歯茎から血が出るほど強く歯を磨き、寝室に向かい、壁にぴったりと体を貼りつけるようにして横たわる。いらいらして眠れそうにないが、眠れなくてつらいのは自分である、私は必死に眠りを呼ぶ。

ひょっとしたら夫は浮気をしているんじゃないかと、私は疑っている。毎日飲んで帰ってくるのは接待ばかりだとは思えないし、最近自分で下着も新調していた。見たこともない鞄を持つようになった。

私がサスケを叱るのは、もちろんサスケにきちんとした子どもになってほしいからだが、本当はただの八つ当たりなんじゃないかと思ったりもする。帰ってこない夫とか浮気疑惑とか山積みになる仕事とか、それから、理想とどんどんかけ離れていく現在とかの。

壁にぴったり貼りついて目を閉じていると、風呂から出てきた夫が、隣に横たわる気配がした。ダブルベッドの端と端で、私たちの体は触れ合うことがない。混んだドミトリーで仕方なくベッドを共有しているかんじ。サスケの部屋から、もの音は聞こえてこない。私の前で泣かないサスケは、自分の部屋で声を殺し、いつも泣いているんじゃないだろうか。閉じた私の右目から、水滴が流れ落ちて枕カバーにしみこんでいく。

夕方のスーパーは混んでいる。買いものかごを腕にかけ、私は小走りに棚から棚へと移動する。シチュウを作ろうと思っていたけれどとてもそんな余裕はない、いいやもう冷凍のコロッケで。サラダも作らなきゃ、あとは根菜のおかずも必要だ。お米が切れていた、それに醤油も。それらを入れるとかごは一気に重くなる。幾度も人にぶつかり、謝ったり相手をにらんだりしながら、壁の時計に目を這わす。山のように品物の詰まった買いものかごをレジカウンターにのせる。ずいぶん人相の悪いおばさんがこっちをにらんでいやがる、と思ったら、レジの奥にある鏡に私が映っていただけだった。

二つに分けて持った荷物を、ひいひい言いながら運ぶ。汗がだらだらと流れ落ちる。シャツがおもしろいように背中に貼りつく。ああもう、荷物全部投げ出して大声で泣いてしまいたい。好きなだけ泣いたら、財布だけ持って逃げるんだ。遠く遠く、米をとがないでよく、時計をいちいち確認しなくてもいい南の島に一目散に逃げるんだ。夫もサスケも置いて。

玄関を開け、がっかりする。また靴がぐちゃぐちゃになっている。三人家族なのに、十足近い靴が出しっぱなしになっていて、それらが入り乱れている。玄関先はきれいにしておかないと幸福が入ってこないって、風水の占い師が言っているから、きちんとするように何百回と注意しているのに。

「ちょっとサスケー！」玄関先で私は怒鳴る。リビングのドアからサスケが顔を出し、

「もうおれ、チョー腹減った」不満げな声を出す。

「ちょっとこっちにきなさいよ！」私はさらに声をはりあげる。サスケはのろのろと廊下を歩いて玄関にくる。

「これ！　何度言ったらわかるの！　靴をちゃんとしなさいって言ってるでしょう、履かない靴はちゃんとしまいなさい、履くぶんだけ出しておいて、それできちんと揃えて」

サスケが、ちら、と私を見、私は言葉を飲みこむ。その目が、なんというかあまりにも見覚えのあるものだったから。もういいわ。私はつぶやくように言って、部屋に上がる。スーパーの袋を引きずるようにして台所へいく。小言を免《まぬが》れたサスケは、ちらちらとこちらをうかがいながらテレビの前に座りこむ。

私もあんな目で自分の父や母を見ていた。私の実家は酒屋で、父も母も、いつもせわしなく働いていた。家にいないくせに、私にはやたらと厳しかった。食事中に肘《ひじ》をつくと叩かれたし、ソファに寝そべるとだらしがないと言われた。ソファでも背筋を伸ばしていなきゃならない家なんて最悪だ、と私は思っていた。思春期になると、父と母を嫌うようになった。父らしいこと、母らしいことなんか何ひとつしないくせに、なぜ私をロボットみたいに操作しようとするのか。そう思った。一時期、父とも母とも口をきかなかった。

サスケはきっと私のことが嫌いだろう。ごぼうの泥を洗い流しながら私は思う。成長するにつれてもっともっと嫌いになるだろう。夫に浮気をしているのかとこわくて訊けないくせに、靴を並べろなんて馬鹿みたいなことばかり言い立てる。いつかサスケも、子どものころの私みたいに口をきいてくれなくなるだろう。

「サスケ」カウンターキッチンから顔を出し、テレビに見入っている彼の名前を呼んでみる。テレビに見入っているサスケは気づかない。ほんのりと赤みのさしたまるい頬だけが、私の位置から見える。

私の父は私が二十歳のときに、私の母は私がサスケを産む直前に亡くなった。思春期のころよりだいぶ和《やわ》らいでいたが、それでも私は父と母を好きにはなれなかった。父も母もいなくなってしまったとき、私はサスケが入った大きな腹を抱えて泣いた。体が干《ひ》からびてしまうんじゃないかと思うくらい泣いた。彼らの死がかなしかったというよりも、彼らを好きになるチャンスがついぞ一度も訪れず、この先も訪れることはない、そのことがどうしようもなくかなしかった。そうして、父と母をかわいそうだと心の底から思った。娘から好かれることなく、いなくなってしまった人たち。

私の理想は、だから子どもの私が欲していたものだ。父たる父と母たる母、嫌われることのない彼ら、笑い声とぬくもりと、家族であるという実感。

けれど気がつけば、仕事からの帰り道、ものすごい形相《ぎょうそう》でスーパーを駆けずりまわり、おなかを空《す》かせた子どもを玄関に呼びつけて靴がどうのと叱っている。それがどうしようもなく今の私であり、これがどうしようもなく今の私の家庭である。

またもや仕事を中断し、暗い気持ちで学校へ向かう。呼び出しがあったのだ。またサスケが何かやらかしたにちがいない。

生徒たちは下校していて、学校は静かだった。だれもいない教室で、サスケの担任教師と向かい合う。私より年下の、ポロシャツを着た男性がサスケの担任だ。窓から空が見える。もう九月だというのに、真夏のように入道雲が出ている。

「お話というのはですね」と、担任は机の上に画用紙を広げる。そこに目を落とした私は、あっ、と大きく声を出しそうになる。サスケが描いた絵だと、すぐわかる。水彩画なのに、油絵みたいに絵の具をたっぷり使うのだ。下手っぴだけど、へんな力強さがある、サスケはちいさなときからそんな絵を描く。そうして、目の前の画用紙に描かれているのは、靴。玄関先に並んだ靴だ。私のサンダル、ズック。夫の革靴とスニーカー。サスケの運動靴、サッカーシューズ、もう履けない二年前のスニーカー。それらがごちゃごちゃと重なり合い、ひっくり返り、ふんづけあっている。まさに我が家の玄関。私の毎日の雷のもと。

しかし、なんでこの絵で呼び出しがくるのかと不思議に思ったとき、「家族というテーマで生徒たちに描かせたんです」担任は重々しく言う。はあ、と相づちをうつと、担任は続けた。「家族の顔を描かなかったのは、サスケくんだけなんです。それで、ちょっと心配になりまして。なんというか、靴だけというのが、寒々しいような印象を受けたものですから」

私はじっと担任をにらみつける。彼が言葉を切るのを待って、口を開く。冷静に、理性的に対応するはずが、口を開いたとたん、よくふった炭酸水の栓を抜いたみたいに、言葉があふれ出した。

「何が寒々しいんですか。立派な絵じゃないですか。みんなおんなじ絵を描けばそれでいいっていうんですか。そんなの欺瞞《ぎまん》だしファッショだわ。これ、すてきな絵だと思う。サスケはよく描いた。寒々しいなんて、あなたが家族の靴に寒々しい経験しか持ってないからよ、よく見てごらんなさいよ、ママの靴、パパの靴、ぼくの靴、これは一昨年《おととし》まで履いていた靴よ、ねえ、玄関にこうして家族の靴が並んでいるのってすばらしいことだと思わない？　寒々しいなんてとんでもない、ちゃんと体温のある絵だわよ。この絵を見ただけで何人家族か、どんな生活なのか、玄関の戸を開けるとどんなにおいがするか、わかるじゃない」

担任は呆気《あっけ》にとられて私を見ていた。私が身を乗り出して機関銃のようにしゃべりだしたからではなくて、きっと、いきなり私が泣き出したからだろう。泣きながらも話しやめなかったからだろう。

ねえ。この絵を見ただけでどんな家なのかがわかるじゃない。両親は忙しくて、毎日独楽《こま》みたいに動きまわっていて、それでも、ちゃんとしたいって、子どもにちゃんとしてあげたいって思ってる。思い通りにいかないから、ときどきいらいらもする。この靴みたいなのよ。あっちに飛んだりひっくり返ったり、おたがいにふんづけあったりして、でもごちゃごちゃといっしょにいる。

話していいるうち、私は思い出していた。酒屋の店舗と隣接した実家の、あのわさわさとした雰囲気を。夕ごはんどきになると、母は酒屋を抜け出して大急ぎで料理をした。父やアルバイトが母を呼びにきて、いつも料理は中断された。学校帰りに店の入り口から入ると、父に叱られた。それでも父は、私がレジカウンターに座るのを好んでいた。看板娘だと平気で言った。父らしいことのできない父だったし、母らしいことのできない母だった、けれど彼らはやっぱり、どうしようもなく父だったし母だった。彼らが亡くなったときに私があれだけ泣いたのは、好きになれなかったからではない、もう二度と、二度と永遠に、私の育ったあの家の玄関に、家族の靴が散乱することはないと知ったからだ。嫌うことも好きになることも喧嘩をすることも仲なおりをすることも、二度とあり得ないからだ。そして彼らをかわいそうだと思うこともなんかなかったのだ、彼らにも、きっとこの玄関に散らばった靴みたいな、そんな家族の記憶があったに違いないのだから。

「いい絵だわ」私は子どものように手の甲で涙をごしごし拭《ぬぐ》い、つぶやく。「これ以上すばらしい家族の絵なんてない」

私は大きくうなずいて言った。担任に、ではなく、私自身に向けて。

これから先、私はサスケに嫌われるかもしれない。口をきいてもらえなくなるかもしれない。サスケはグレるかもしれない。部屋に引きこもったままになるかもしれない。夫の浮気は本当かもしれない。別れてほしいと言われるかもしれない。近い将来、私たちはばらばらになるかもしれない。それでもだいじょうぶ。私たちみんな、きっとだいじょうぶ。それぞれの場所でうまくやっていける。離れた場所で私たちはきっと、いつも散らかった玄関の、同じこの光景を思い出すだろう。幸福は玄関からやってくるのではなくて、この散らかった場所に、すでにある。

「この絵、ください」私は立ち上がり、机の上の絵を手にとった。

「まあ、採点は終わっているからお持ちになってもけっこうですが」担任はもごもごと言う。

彼はまだ何か言いたそうだったが、私はサスケの絵を手に、教室を出た。廊下は静かで、私のスリッパの音がやけに大きく響いた。

額を買って帰ろう。この絵をリビングに飾ろう。今、何時だろう。いけない、もう五時を過ぎている。画材屋にいくなら急がなくちゃ。画材屋のあとはスーパーに直行だ。冷蔵庫にあるのはキャベツとピーマンと……野菜炒めでいいか。野菜炒めとシジミのお味噌汁。

グラウンドを私は走り出す。丸めた絵をつぶさないよう、大事に抱えて走る。入道雲はまだ空高くにある。

Presents #10

料理

風邪だ。寒い、関節が痛い、だるい、ぼうっとする。

引き出しから体温計を出し、わきの下に挟んでじっとする。テレビはワイドショーを映している。だれそれとだれそれが離婚した理由を、コメンテイターたちが推測している。

コマーシャルに切り替わったところで、ぴぴぴ、と音がした。わきの下から抜き取った体温計はなまあたたかくなっていた。八度八分とデジタル数字が告げている。ああやっぱり。夏風邪だ。いや、もう九月だから夏とは言わないのだろうか。そんなどうでもいいことが気にかかる。

テレビをつけたまま、リビングの隣の和室に布団を敷く。夏なのに、上掛けを二枚重ねて敷く。着替えもせずもぐりこんで、首だけ傾けてリビングのテレビを見る。離婚の原因がわかるまではスイッチを消せない。そんな自分をあさましいと思う。いつからこんなにあさましいおばさんになったのか。ほんの少し前は、だれとだれが離婚しようが、そんなのどうだっていいじゃないのときっぱり言い放っていたのに。あさましいと思いつつ、けれど私はしっかとテレビを見つめ続ける。

へええ。やっぱりねえ。奥さんの浮気か。この人たちが結婚したときを覚えている。そのときも私は、テレビにかじりつくようにしてワイドショーを見ていたのだ。うんと若い女優と、レストランを何軒も持った実業家の結婚式は盛大だった。女優は自分でデザインしたらしい、ミニのウェディングドレスを着ていた。実業家は私とほとんど同い年で、始終にやにやと笑っていた。コメントを求められて、二人は「幸せ」を連発した。今がいちばん幸せです。こんな幸せがあるなんて知らなかった。一点の曇りもなく幸せです。もっともっと幸せにします。もっともっと幸せになります。

ほほう、ほほうと鼻白んだ相づちをうちながら、私はテレビを見ていたのだ。よかったじゃないの。すし詰めの幸せ。でもきっと、早晩だめになるんじゃないかしら。だめになるとしたら女の浮気。だってこの人若いもの。年違いすぎるもの。二十二歳で奥さん業なんて退屈なだけだし、四十過ぎの男だってつまんなく思えてくるって。そんなことを思いながら、煎餅をばりばり嚙み砕き、熱いほうじ茶をずずーとすすっていたのだった。やっかんでいたのだ。女の若さか男のにやにや笑いかすし詰めの幸せか、何にかわからないけれど、とにかく何かに。

そのときの結婚式の映像も出てくる。一点の曇りもなく幸せです。二年前の女優と実業家は満面の笑みで言う。こんなものまで持ち出してきて流すなんて悪趣味な。そう思いながら、楽しんでもいる。そうそう、あんたたち、こんなにも幸せって言ってたのよ。

二十四歳になった女優が、二十五歳の俳優と浮気して離婚へと至った、とコメンテイターたちは結論づけた。ほーらやっぱり。私の思ったとおりじゃんか。あさましくもそんなことを思いながら、達成感みたいなものまで感じたりして、私はようやく目を閉じる。体がだるく関節が痛い。熱はあっという間に私を眠りにひきずりこむ。

発熱時の夢はシュールだ。

夢のなかで私は、二十二歳の女優だった。ミニのウェディングドレスを着ている。カメラのフラッシュが続けざまにたかれ、私はにっこりと笑ってみせる。今がいちばん幸せです。私は言う。隣の男と組んだ腕がぬるぬるする。見ると夫になる男はトドである。生意気にも蝶ネクタイを結んでいる。ここで夢だと気がついた。なのに、ウェディングドレスの私は夢だと気がつかない。トドをうっとりと見つめて、くりかえす。一点の曇りもなく幸せです。もっともっと幸せになります。

そんなこと言っちゃだめ。夢を見ている私は、いい気になっている夢のなかの私に言う。あとで後悔するよ。あんなこと言っといて、ほらみたことかって言われるんだから。なのに私はやめない。幸せです。幸せです。本当に幸せです。トドが私のほうを向く。にゅーっと顔を近づけてくる。ひええ、トド、でかい。夢のなかでもでかい。私はにこにことトドの顔面を受け入れる。トドは、べちゃっと私の口をふさぐ。

「ウエーッ」

叫びながら目を覚ました。喉《のど》の奥が苦《にが》く、いがらっぽい。もちろん風邪のせいなのだが、トドの接吻《せっぷん》を受けたからのような気がする。

リビング側にころんと首を傾けると、まだテレビはついている。時代劇に替わっている。ボリュウムを落とすか、スイッチを消そうと思うのだが、立ち上がることができない。しかたなく、私はもう一度目をつぶる。

ねえ、ねえってば、おなか空《す》いたんだけど。

どこか遠くから聞こえてくる声は、夢の続きのように思えた。子どもの私がそう言っているように。ぼんやり目を開けると、大介が私を揺すっていた。今年小学校五年生になった大介。

「だいちゃん、おかあさん、具合悪いのよ」私はぐったりとして言うが、

「あのさー、おれさー、おなか空いちゃって。給食、今日ねばねばシチュウで食えなかったから」大介はまったく私の話を聞かずに言い募《つの》る。

「だいちゃん、あのね」

「ねばねばシチュウってのはさ、なんか、シチュウがねばねばすんだよ。なんだっけかー、えーと、芋？　芋が入ってんねん」

大介はへんな関西弁を使う。クラスで流行《はや》っているんだろう。

「芋ってじゃがいも？」なんでこんなことを訊いているんだろうと思いつつ、私はつい訊いてしまう。

「じゃがいもじゃないねん。白い芋」

「ああ、ながいもか」頭が重い、関節が痛い、喉が苦い。

「そーそーそれ。あれ、おれ、嫌いなんだよね、そんで、おなか空いてんの、おれ」

大介は五年生のなかでも背が低い。おまけにまだ赤ちゃんみたいなところがある。布団のわきにちょこんと正座して、両手を布団に置いて、また私を揺する。

「ちょっと揺らさないで。おかあさん、病気なの。台所のお菓子の棚の下に、チキンラー

メンあるから食べなさい。たまご落としてお湯入れればすぐできるから」私は咳《せ》きこみながら、ようやくそれだけ言う。

「けーっ、しょうがねえなあ」大介は言いながら、台所にダッシュする。首だけ動かして、私は大介の背中を見送る。

たまごを割ってお湯を入れるのが面倒だったのだろう、大介は、インスタントラーメンの袋に手を突っ込んで、そのままぼりぼりと食べはじめる。そんなもの食べたら体によくないと注意しようと思うが、喉も痛く体も重く、なんだかどうでもよくなって目を閉じた。チャンネルが替わり、アニメ番組らしい音声が聞こえてくる。ぼりぼりと乾麺を嚙み砕く音が合間にさし挟まれる。

「なんでこの人寝てんの？」

うとうととしたとき、また近くで声がして目を開けた。中学三年生になる娘、日向子《ひなこ》が和室に突っ立って私を見おろしている。

「ひなちゃん、おかあさん、風邪をひいたみたいで、熱があって……」

「ちょっとー、それじゃごはんどうすんの」

なんなんだこの娘。私はぷいと横を向き、目を閉じてしまう。だいじょうぶ？　くらい言えないのか。大介が大きくならないのに、日向子は背ばかりずんずんのびて、夏のあいだ真っ黒に日に焼けて、セーラー服の女装をした体育会系の男みたいだ。いっしょに洋服を買いにいくような母子になりたかったのに、バスケ部部長の日向子はジャージしか着ない。

私はそろそろと体温計に手をのばし、もう一度わきの下に入れる。ブザーが鳴るまでの数分間も、眠りに落ちて短い夢を見てしまう。ぴぴぴ、という音に目覚め、体温計を抜き取るとそれは汗で濡れている。九度三分。ああ、また上がった。

「ねえねえ、マジでごはんどうすんの」

ジャージに着替えてきた日向子が、またもや枕元に立って言う。

「おかあさん、死んじゃうかもしれないんだよ、ごはんのことなんか知らないよ」ぐったりとして私は言った。

「うわー、育児放棄」

「ひなちゃん、頼むから、しずかにして洗濯物とりこんで」

「ダイー、今日は晩ごはん抜きだよー」日向子は私を無視してリビングにいく。

「げえー、あっ、ねえちゃんチャンネル替えんなよう」

喧嘩がはじまる。男が二人いるようなものだから、ものすごい音がする。私はかたく目をつぶり、布団をかぶる。額《ひたい》が汗でねっとりしている。次に起きたとき着替えよう。風邪のときはとにかく、汗をかいてこまめに着替える。それだけで治るはず。日向子も大介もちいさいころはよく風邪をひいた。子どもはびっくりするくらい熱くなる。寝ずに寄り添って、真夜中に着替えさせてあげたものだった。水枕を替え、額のタオルを替えて。それがどうだ。この子たち、私にはなんにもしてくれやしない。これじゃ介護は期待できない。熱が下がったら夫のコンピュータで介護つきマンションでも検索しよう。まだずっと先の話だけれど、でもそうしよう。

次に私を起こしたのは夫の声だった。

「おい、どうした、こんなところで。ごはんは？」

またこれだ。うちの人間は、私をごはんマシーンだと思っていやがるにちがいない。

「私、熱が四十二度あるの」少し誇張して答え、ぐったりと顔を背けた。

「えっ、そりゃたいへんだな。ごはん、どうしよう。おーい、ひなー。ダイー」

夫は図体のでかい長男みたいに、どたどたと和室を出ていく。やがて廊下のほうから、みんなのにぎやかな声が聞こえてくる。おれ絶対ピザ！　ピザピザピザピザ!!　馬鹿だねー、ピザよりお寿司のほうが高いんだよ？　せっかくだから高いもの頼んだほうがいいじゃん。おとうさんは天丼もいいかなと思うんだけど。えー、じゃあ真ん中をとって鰻《うなぎ》は？　ねえねえ、ねえちゃん、鰻と寿司とどっちが高いの？

何楽しそうにしてるんだ。まるでピクニックじゃないか。ほんとにほんとに死んじゃうかもしれないのに。私はひっかぶった布団の奥までもぐりこみ、かたく目を閉じた。なんだか泣いてしまいそうだったけれど、ここで泣いたらなんだか馬鹿みたいだと思い、ぐっとこらえた。眠りを待たずしても眠りに落ちた。泥みたいな重い眠り。

目が覚めてしばらく、自分が何歳で、ここがどこなのか、わからなかった。まだ頭は重く、関節は痛く、顔が熱いのに体の芯が寒い。和室の障子《しょうじ》は開いている。熱でぼんやりした目をベランダに向ける。洗濯物がひるがえっている。夏と秋の中間の、やわらかい陽射しを受けてちかちかと光を放っている。

ぱたぱたと台所を行き来するスリッパの音が聞こえたような気がした。さっちゃーん、りんごすったけど食べる？　という、母の声が聞こえた気がした。うん、食べる。私はちいさく答える。襖《ふすま》が開き、母があらわれる。ひんやりした母の手が額に触れる。ねえおか

あさん。漫画買ってきてよ。「花とゆめ」か「マーガレット」。ええ？　しょうがないわねえ。じゃあお肉屋さんいくついでに買ってくるけど。りんご、ここに置いておくからね。帰ってきたらおじや作るから。たまごのおじや？　そうよ、たまごのね。襖が閉まり、スリッパの音がぱたぱたと遠ざかる。私は窓の外を見る。田んぼが広がっている。電線にすずめがとまっている。時間が止まったみたいに、何ひとつ動かない。学校で行われている授業のことを考える。みんな黒板を見ている。私の机だけ空いている。いつもいる場所にいなくて、いつもいない場所に今いることが、この世の神秘みたいに感じられる。

光を放ちながら揺れる洗濯物を見ていて、はっと我に返る。ちがうちがう、私は十四歳じゃなくて四十四歳だ。ベランダで光を集めて揺れているのは父のランニングではなく、夫と大介のTシャツだ。そうだ私、大人になったんだ。結婚したんだ。子ども産んだんだ。りんごなんて、自分ですらなきゃだれもすってくれないんだ。

家のなかはしんと静まり返っている。みんな学校や会社にいったんだろう。結局ゆうべは何を食べたのやら。

ゆっくりと上半身を起こす。着替え忘れたパジャマは、汗で濡れ、くったりと肌に貼りついている。喉が焼けつくように渇いている。そろりそろりと起きあがってみる。ふらふらする。洗面所で着替え、台所にいく。冷蔵庫を開けると、見慣れないものが入っている。まんなかの段をとりはらって、寸胴鍋がおさまっている。引っぱり出して蓋《ふた》を開けると、真ん中あたりまでおじやが入っていた。葱《ねぎ》とたまごが浮かんでいる。

さっきの幻想と現実がふいにつながりを持ち、私はまた、十四歳の気分になる。母は帰ってきておじやを作ったのだ。じゃあ、「花とゆめ」か「マーガレット」はどこにあるんだろう？　そんなことを考えかけて、ふとおかしくなる。笑ってしまう。

「寸胴鍋いっぱいにおじやを作る人があるか」

ゆうに十人ぶんはあるだろう。こんな大量におじやを作るのは母ではない、台所に立ったことのない夫しかいない。そうそう、そうだった。私は大人になったんだった。恋愛をして、結婚したんだった。子どもを産んで、おっぱいあげて、風邪のときは添い寝して、そうして四十四歳になったんだった。寸胴鍋を持ち上げて、コンロに掛ける。飲み物を取り出すために再度冷蔵庫を開ける。ガラスの器に入った、へんな色のものが目に入る。取り出してよくよく見ると、それはすりおろしたりんごらしかった。りんごを塩水につけずにすりおろしたから、変色したらしい。

あたためたおじやとすりおろしたりんごを皿にのせ、ダイニングテーブルに運ぶ。メモ書きが置いてあった。おじや冷蔵庫にあるので食べてください。夫の字。りんごすりおろしたのは私だよ、お礼はおこづかいアップでいいよ。日向子の字。その下に、茹《ゆ》で蛸《だこ》みたいな女が寝ている絵が描いてある。大介の絵らしい。

ふん。鼻で笑って、おじやをスプーンで口に運ぶ。たまごはかたくなってしまっているし、塩気がまるで足りないが、あつあつのおじやは、なんだか不思議とやさしい味がした。私のほうがだんぜんおいしく作れるだろうけれど、夫のおじやは私には作れない味だった。母のごはんみたい。母の味なんていうけれど、いくら真似しても母とは同じ味にならない。料理には、何かたましいみたいなものがあるんだろうとふと思う。調理過程で、作り手は意図せずそれをぽろりと素材に落としてしまうんだろう。落としても落としても、食べられても食べられても、なくならないたましい。

食欲はまるでなかったが、一口食べるといきおいがついた。ふうふうとスプーンに息を吹きかけながら、私は猛然とおじやを食べ続けた。額から汗が噴き出してこめかみに流れ落ちる。

おかわりして食べた。二回おかわりしても、おじやはぜんぜん減らなかった。食べ終えるころには、着替えたばかりのパジャマがまたぐっしょりと濡れていた。薄茶色に変色したりんごを口に運ぶ。しゃりしゃりと甘かった。

　こんな幸せがあるなんて知らなかった。昨日テレビで見た女優と実業家を真似して、私はそっと口に出してみる。なんだかおかしくて、ふふふ、と笑う。一点の曇りもなく幸せです。ふふふ。私は結婚したとき、そんなふうに感じただろうか。子どもが生まれたとき、そんなふうに言っただろうか。思ったような気もするし、そんなことは考えもしなかったような気もする。思い出せない。何しろ、十五年も前のことなのだ。離婚することになった女優も、二年前の幸せなんてきっと忘れている。でもそれでいいんだ、と私は思う。それは忘れたのであって、消えたのではないのだから。

　空《から》になった食器をさげもせず洗いもせず、ダイニングテーブルに出しっぱなしで、私はそろそろと布団に戻る。体温計をわきの下に挟む。うつらうつらと眠くなる。窓の外は、あいかわらず時間が止まったみたいに静かだ。洗濯物が光を放つ。田んぼが遠くまで広がっている。りんごは口のなかで甘い。今と過去が混ざり合う。点のような幸せの合間を私は行き来する。ぴぴぴ、と音がして、体温計をするりと取り出す。

　七度九分。それを確認して私はゆっくり目を閉じる。

Presents #11

ぬいぐるみ

何かこう、三つ指揃えて挨拶をするとか、早起きして自分の部屋だけでもきちんと掃除するとか、区切りとかけじめとかいうものがあってもよさそうなものを、十時を過ぎて起きてきた娘の初子は、高校生のときとまったくおんなじに、なんで起こしてくんないのおかあさん！　と叫びながら階段を下りてきて、二日酔いで顔が腫れてる！　と洗面所で叫び、やだ胸焼けしてお赤飯なんか食べられない！　と食堂に入ってきて叫び、感慨というものがひとつもない。夫も夫で、トイレにこもって泣くとか、縁側にたたずんで庭を見つめるとか、風情のあることをすればいいのに、にぎやかなワイドショーにチャンネルを合わせたままお赤飯を三回おかわりし、よそ見しているから味噌汁をこぼし、ズボンを濡らして舌打ちをしている。

これがひとり娘の結婚式の朝なんて、なんだか、今までの私の生活を象徴しているみたい。感慨も風情もない、ばたばたと忙しいだけの私の生活。

「十一時にタクシーがくるんだから早く支度しなさいよ、おとうさん、自分で食べたものはちゃんと洗って」

私だけだ、早朝から起きだしてお赤飯を炊き、まとめてある持参品に忘れ物がないかチェックして、特別に八時に美容院を開けてもらって髪を結ってもらい、きちんと化粧をし、九時半には留め袖を着終えて、いつでも出られるように落ち着いて座っているのは。

やーん、もう、エステにいったかいがなーい、昨日、あんなに飲むんじゃなかったー。リビングのソファにあぐらをかいて座り、顔に化粧水をはたきながら初子がぼやいている。

「だから言ったじゃないの、結婚式の前日に夜中まで飲む人がありますか」

「だってー。独身最後の夜くらい、ぱあっとやりたいじゃないの。私が主賓なんだから帰れないし」

「あなたの友だちも友だちよ。ふつうは気づかって早く帰すものでしょう。それよりね、初子、あなた護《まもる》くんの前でもそんな格好で座ってるの。一週間で家を追い出されるわよ」

「あーあーもーおかあさん、うるさーい。こんな朝にまで小言《こごと》言わなくたっていいじゃないのー」

「ちょっとかあさん、この染み、目立つかね」

呼ばれてふりかえると、夫が立っている。ズボンの一箇所が、濡れて色濃くなっている。

「黒だからわからないでしょうよ、仕方ないでしょ、自分でこぼしたんだから」

言いながらも、私は濡れタオルでズボンの染みを叩いてやる。本当にもう。

十一時に、あわただしくタクシーに乗って家を出た。夫も初子も泣きもしない。タクシーのなかでもぎゃあぎゃあと騒いでいる。私はしらんぷりをして、助手席で窓の外を眺めていた。


式場に着いて、護くんとその両親と、新幹線でやってきたこちらの親戚と、あたふたと挨拶をすませ、初子といっしょに控え室に入り、係りの人にヘアメイクをしてもらい、ウエディングドレスを着せてもらう初子を見る。ヘアメイクのあいだは、「やっぱむくんでるよね、ねえ、おかあさん」だの「ねえ、なんか私女優さんみたい？」だの、べらべらしゃべっていた初子が、ウエディングドレスを着る段になって、急に無口になる。緊張しているらしい。昔からだ。直前まで馬鹿みたいにはしゃいで、急ブレーキをかけたみたいに緊張し出す。運動会の日も、全校生徒の前で作文を読む日も、試験の日もそうだった。

「ほんと、飲みすぎだわよ。だれが見たってむくんでる」緊張をまぎらわせてあげるために軽口をきくと、じっと鏡をにらんでいた初子の目がみるみる湿って、ぼとりと大きな水滴が落ちる。

「ひどい。そんな、だめ押しすることないじゃない。私だって今日くらい、自分のなかでいちばんきれいな自分でいたいわよ。そんなふうに言うことないじゃない。今日がいちばんブスだなんて言うことないじゃない！」

ぼろぼろと涙を流して怒り出す。あらあらあらあら、お化粧が……。ウェディングドレスを着せていた女性たちが、あわててティッシュを渡している。

「いちばんブスなんて言ってないわよ、むくんでるって言ったの。ぽっちゃりしててかわいいわよ」

なぐさめるように言うが、逆効果だ。

「ぽっちゃりなんて、ひどい！」

これもいつものこと。この子の言葉で言えば、緊張が張りつめると「逆ギレ」するのだ。

私はため息をつき、何を言ってもこの子を逆上させるだけだと悟って控え室を出る。化粧が崩れていないか確かめるために化粧室に向かうと、その入り口で、紳士用から出てきた夫とばったり出くわした。

「どう、染みは。黒いから目立たないわね」

私は夫のズボンを確認する。夫は放心したようにぼさっと突っ立っている。

「いいのかな、本当に」

ぼそりと夫がつぶやき、

「いいも何も、式まであと三十分よ、今さらそんなこと言ったって……」

やっと娘の結婚式に対する感慨が出てきたのかと、呆れて言いかけ、ふと口をつぐんだ。夫が言っているのは娘のことではなく、私たちのことだと気がついたのだ。

今日のために忙殺されてすっかり忘れていたけれど、そうだった、初子の結婚式が終わったら、私たちは別れるのだった。離婚するのだった。

「いいも何も」さっきと同じ言葉を私はくりかえす。「もうずっと前に決めたことでしょう」

「そうだけども」

そうつぶやき、ぼさっと突っ立ったままの夫を、私はまじまじと見る。三十年前、まだ二十歳を過ぎたころにはじめて見た夫の姿が重なる。黒々とした髪、すっとのびた鼻梁《びりょう》、笑うとこぼれる白い歯、日に焼けた頬。あのときは、私の恋人であるこの男の人が世界でいちばんかっこいいと信じて疑わなかった。

「そうそう、高崎のおじさんたち、さっき到着したみたいだけど、ご挨拶してきた？　控え室にいるから、顔見せてきて」

私はわざと早口で言い、化粧室にかけこんで、パウダールームの椅子に腰かける。ハンドバッグからコンパクトを出し、ファンデーションが皺《しわ》にめりこんでしまっている部分にパフをあてる。

ひとり娘の結婚に感慨がないと、夫を非難する権利は私にはない。初子から、結婚したい人がいると言われたときに、私がまず思い浮かべたのは、夫と別れよう、ということだった。初子も家を出る、独り立ちする、これほどいい機会はないだろうと思った。夫の浮気は、たった一回だ。三十代の数年間。そのころ、私はなんにも知らなかった。ごはんを作って服にアイロンをかけて部屋を掃除して、残業と休日出勤の多い夫に、私たちの暮らしを守ってくれてありがとうなんて、感謝までしていたのだ。

じつは浮気をしていたと夫が打ち明けたのは、五年前、私の四十七歳の誕生日だった。三人で近所のお寿司屋で食事をして、帰ってくるなり夫は酒を飲みはじめ、めずらしく私もつきあわないかと誘い、初子が自分の部屋に戻って一時間ほどたって、夫は突然、とうに終わったそのことを告白したのだった。告白し、静まり返ったリビングで頭を下げた。ごめん、と。

なんで今ごろ？　驚くことよりも責めることよりもまず、私はそう訊いた。本当に不思議だった。なんで今ごろ。なんで今さらそんなことを言い出すのか。

ずっと罪悪感を持っていたのだと夫は言った。今、きみとしかやっていくつもりはないし、きみとしかやっていけないと思っている。だから、言っておきたかった、謝っておきたかったと夫は言った。

以来、私もずっと忘れようと努めてきた。何しろ過ぎたことなのだし、夫は私としかやっていけないと言っているのだから、今を見ようと思っていた。けれど、だめだった。夫は告白することで罪悪感から逃れられたかもしれない、けれどかわりに私に重石《おもし》をのせたことに気づいていない。そんな夫の無神経なずるさもしゃくに障《さわ》った。

去年の暮れ、結婚したい人がいると初子が言い出し、お正月に連れてくると続けて言ったとき、私が思い浮かべたのは相手の仕事や家族構成なんかよりも、離婚しよう、というそのことで、そのときはじめて、自分が夫のことを許していないんだと気がついた。

お正月に護くんが挨拶にきて、緊張のあまり酒を飲みすぎて早々と眠ってしまった夫を揺り起こし、離婚しましょう、と私は言った。次の誕生日で五十二歳、折り返し地点をとうに過ぎた年齢だけれど、いやだからこそ、もうこれからはひとりで好きにやっていきたい、もうだれかのために（あなたのために、とは言えなかった）、ごはんを作ったりアイロンをかけたりするのはまっぴら、と私は言った。

夫は寝ぼけた顔で、ぽかんとして私を見ていたが、わかった、と一言酒くさい息を吐きながら言い、布団をかぶった。本当にわかったんだろうか、明日には忘れていないだろうか、と心配だったのだが、翌朝、朝食を食べながらぼそりと、

「どうしてもそうしたいんだな」と夫は言った。

初子の結婚式の段取りを決める陰で、私たちは離婚についても決めた。せめて初子の結婚式には夫婦揃って出よう、という意見は一致した。届けも、引っ越しも、報告も、その他のいろんなことも、式が終わってからやろうと私たちは決めた。初子にも、彼女の名字が変わってから告げようということになった。

化粧なおしを終え、私は立ち上がり、化粧室をあとにする。

バージンロードを、夫と腕を組んだ初子が歩いてくる。

むくんだと騒いだり泣いたりしたわりには、ドレスを着た初子はちゃんと美しい。美しすぎて、なんだか知らない女みたいだ。夫は花嫁を花婿に引き渡し、そうしていよいよ式がはじまる。

健《すこ》やかなるときも病《や》めるときも。神父が例のせりふを読み上げる。富めるときも貧しいときも。私はつい、三十年前の自分を彼らの姿に重ね合わせる。こんなに立派なところではなかったけれど、初子たちとおんなじように、私と夫は神父の前でうつむき、その言葉を神妙に聞いた。ドレスを着ていた私は泣きそうになった。健やかなるときも、病めるときも、これを愛しこれを敬い――ああ、本当にそうだ、私はいついかなるときも、この人を愛そう、この人を敬おう、助けよう、なぐさめよう。死が二人を分かつまで。そう思う自分に、そしてそう思っているであろう夫に感動して、泣きそうになったのだ。

誓いますか。神父が聞き、はい、誓います。と威勢のいい護くんの声がし、はい、誓います。と静かな初子の声がする。

三十年たってここにいる私は、それを、どこか鼻白んだ気持ちで聞いている。もちろん初子が結婚するのは本当にうれしく喜ばしいが、聞き慣れた宣誓の言葉が、決して何をも保証してはくれないことを、私は知っている。

指輪の交換があり接吻がある。夫は照れて私の頬に口をあてる真似だけしたけれど、護くんと初子は外国人みたいにぶちゅっとキスをしている。今の子どもは本当に恥を知らない。

短い式が終わり、披露宴がはじまる。とたんに会場はにぎやかになる。シャンパンが配られ乾杯があり、護くんと初子の上司がスピーチをし、オードブルとビールが配られ歓談タイム。護くんと初子の友人たちが、次々と馬鹿げた芸をやる。下手な歌をうたったり、漫才もどきをはじめたり。

私と夫は隣り合って静かに料理を食べる。同じテーブルに座る護くんの両親を、私はちらちらと盗み見る。私たちと年の変わらない二人は、新婚カップルみたいに仲むつまじく、ひっきりなしにしゃべり、しゃべってはどちらかが立ち上がり、雛壇に座る護くんたちに向かってシャッターを切る。そのカメラを、思い出したように私と夫にも向けるから質《たち》が悪い。断るわけにもいかず、私と夫はそのたびに顔を上げ、笑顔を作る。この写真が現像され送られてくるころには、私たちはもういっしょにはいないというのに。

料理にほとんど手をつけない夫の脇腹を私はつつく。

「飲みすぎなんじゃないの、食べないで飲んでばかりいると、悪酔いするわよ」

夫は私を無視して、赤ワインをがぶがぶ飲んでいる。

ふいに照明が落ちる。司会者の男の子が、「それでは新郎新婦の二人が、ご両親に手紙を読みます。両家のご両親、どうぞご起立ください」と叫び、私たちの席にぱっとスポットライトがあたる。

「何それ、聞いてないわよ」私はあわてて夫に言った。酔って鼻の頭を赤くした夫も、

「おれだって聞いてない」責めるような口調で言う。

口元に笑みをたたえ、すっくと立ち上がる護くんの両親を見て、あわてて私も立ち上がった。立ち上がろうとしない夫の腕をひっぱって立ち上がらせる。

新郎新婦が私たちのもとに歩いてくる。立ち止まり、護くんがまず、手紙を読みはじめる。子どものころの思い出と感謝。これからの抱負。護くんのおかあさんは、護くんが手紙を読みはじめてすぐに洟《はな》をすすりあげはじめ、半《なか》ばほどから、ほとんど号泣した。護くんは最後、私たちのほうを向き、「おとうさん、おかあさん、初子さんを大切にします。

どうぞあたらしい息子をよろしくお願いいたします」と言って手紙朗読を終えた。私はなんだか居心地の悪い思いで頭を下げた。

次は初子の番である。握りしめた手紙を広げ、初子はそれを読み上げる。

「おとうさん、おかあさん、今日という日まで育ててくれてありがとう。わがままばかり言いました。中学生のときは、家族旅行を断ってごめんなさい」護くんと似たような内容。きっと二人で書いたのだろう。「私は結婚したら、私が育ったおうちみたいな家庭を作りたいです」マイクで響き渡る初子の声。そんなこと言うのやめて。私たちは別れるんだから。護くんのおかあさんは、またもや号泣している。「おとうさんとおかあさんの家に生まれてよかった。もし私にも子どもができたら、そう思ってほしい。だからおとうさんたちの家は、私の理想です」隣に立つ夫を見る。やっぱり居心地悪そうな顔でうつむいている。理想なんかじゃないことを、夫も知っているのだ。「これからもどうぞよろしくお願いいたします」初子は私たちに頭を下げ、それから護くんの両親に頭を下げた。護くんのおとうさんも泣き出している。

もうこれでだいじょうぶ。私は深く深く安堵する。護くんも、護くんのご両親も、親切であたたかい人たちだ。死が分かつまでいっしょにいられるかはわからないけれど、初子を悪いようにはしないだろう。私の役目は終わった。

「それでは新郎新婦の二人から、ご両親にプレゼントがあります」

司会者の声が響く。まだ何かあるのか。新郎新婦は、ごそごそと何かを用意して、手にしたものをそれぞれ私たちに差しだす。ぬいぐるみだった。くまのぬいぐるみ。なんでぬいぐるみなんか……そう思いながら、初子の手からそれを受け取り、私は不思議な感覚を覚える。

この感じ、私は知っている。なんだっけ、この、やわらかく適度に重い、それでいてどこか軽い、この感じ。手にした重さがするすると時間を巻き戻す。白い天井、まぶしい光、世界一かっこいい夫の泣き顔、赤ん坊の泣く声、どんな音楽よりも耳に心地よかった産声《うぶごえ》、そして、それまでまったく感じたこともない、えも言われぬ至福感。神さまありがとう、私をこの世に誕生させてくれてありがとう、生きるってすばらしい、まったくすばらしい。あの瞬間、私はまさしくそう思ったのだった。

あの瞬間。この世に出てきたちいさな赤ん坊を抱いた瞬間。

あのときとまったく同じように、私は手にしたやわらかいものを、そっと夫に手渡す。いつのまにか世界一かっこよくはなくなった夫が、あのときとまったく同じように、おそるおそる、それを抱く。

「このぬいぐるみは」司会者の声が暗い場内に響く。「護くん、初子さんが生まれたときと同じ重さです」

護くんのおかあさんたら、あんな大声で泣いてみっともない……そう思ったが、しかし泣き声は自分のものだった。いや、夫のものかもしれない。私たちは声をあげて泣いた。抱き合っておいおいと泣いた。最初は他人で、近いうちまた他人に戻る、ごくありきたりな私たちが、この三十年間に起こした奇跡を思って泣いた。

「やだ、泣きすぎ」

恥ずかしそうにつぶやく初子は、私たちの奇跡は、今まで見たなかでいちばん美しかった。

Presents #12

涙

果たして私はいくつで、どこにいて、何をしている人で、なんという名前なのか、目覚めるとわからなくなることが、増えた。天井をじっとにらみつけたまま、思い出そうとする。すると天井のこまかい模様が気になってしまって、自分のことを思い出すより、天井の模様が何に見えるか、馬か、犬か、だれかの顔か、ソフトクリームか、そんなことに熱中してしまい、ますます自分のことがわからなくなる。

ときどき、はたと、鮮明に思い出すこともある。

やだ、学校に遅刻しちゃう。制服のリボンに、昨日ちゃんとアイロンをかけたかしら？桑原先生、今日は漢字の抜き打ちテストをやらないといいんだけれど。放課後は合唱コンクールの練習があるから遅くなるって、おかあさんに言っておかないと。

ああ、待ち合わせは十時に駅前の喫茶店なのに、私ったら、また寝坊しちゃった。杉田くん、呆れているだろうなあ。シャワーをあびる時間はないから、お化粧だけでもしていかなくちゃ。洋服は……杉田くんが似合うと言ってくれた、萌葱《もえぎ》色のスカートにしよう。早く、早く起きなきゃ。

しまった、夕飯のこと、すっかり忘れて寝入っちゃった。夫も子どもたちも、もうすぐおなかをすかせて帰ってくる。今日はうんと時間をかけてビーフシチュウを作ろうと思っていたのに、買いものにもまだいっていない。冷蔵庫に何があったかしら？

今日は何日？　いやだ、うっかりしてた。明日は娘のお嫁入りの日じゃないの。美容院に予約を入れたのだっけ。帯留めはどれにしたのだったかしら、ちゃんと全部、和室に用意してあるかしら。それにしても、あの子、明日が花嫁さんだっていうのに、どこをほっつき歩いているんだろ？

そんなふうに、その都度違うことが思い出される。

どれも私には本当で、そのときそのときで、正真正銘の母親だったり、正真正銘の中学生だったりする。そのうち、どうでもよくなる。学校なんかさぼってしまえ、待ち合わせなんかすっぽかしてしまえ、夕飯なんか作らなくていいや、美容院なんかいかなくてもいい、こんなにあたたかくて気持ちがいいんだから、今日は一日じゅう寝てしまおう。

それで本当に眠れてしまう。次に目覚めたときは、また自分がだれか、わからなくなっている。

「さゆりちゃん、何をしているの」

声をかけられてふりむくと、ピンク色の服にチェックのエプロンを掛けた若い女が、私に笑いかけている。ああ、さゆりちゃんって、私のことか。私の名前か。

「電話をかけるのよ」

私は呆れて言う。公衆電話の前で受話器を持ち上げているのに、これから天ぷらでも揚げるように見えるんだろうか。

「どこにかけるの?」若い女はべたべたした声で訊く。

「夫の会社よ。ちょっと具合が悪くて寝ているから、夕食は外ですませてくださいって言っておくの」

若い女は、なぜだか一瞬泣きそうな顔をして、けれどすぐに笑顔を作り、

「私がかわりにかけておいてあげるから、さゆりちゃんはテレビ見てたら?」と言う。

私は女をまじまじと見る。この女、こんなに人のよさそうな顔しているけれど、ひょっとしたら夫とできているんじゃないか。夫に電話をして、夕食はないそうだから、私と食事しましょうよ、とべたべたした声で誘うんじゃないか。よし、こっそり確かめてやろ

う。

「じゃあお願いするわね、番号は……」夫の会社の番号を、私はゆっくりと言う。女はエプロンのポケットからメモ用紙を取り出して、それを書きとめ、私の車椅子を押して、テレビの前に連れていく。テレビの前に並んだソファには、老人ばかり座っている。みんなぼんやりと、無言でテレビに見入っている。

「じゃあ、電話をかけてきますからね。さゆりちゃんはテレビを見ていてね」

若い女はぱたぱたと去る。女のあとをつけなければ。女が電話で夫に何を言うか、こっそり聞いてやらなくちゃ。そう思うのに、動けない。この、車椅子ってやつ、動かすのにはけっこうな力が必要なのだ。テレビのなかでは、見知った男性が何か言っている。だれかの相談にのっているらしい。相談者はついたての向こうにいる。姑がどうとか、借金がどうとか。私は女のあとをつけることなんかすっかり忘れ、テレビに見入る。

「本当よねえ、はんこなんか、かんたんに押すもんじゃないわよ」

ソファに座っていた老婆が私に話しかけてきて、私は唐突に思い出す。

私の夫は、もうとうの昔に死んだのだ。私の名前はさゆり、ここは老人のための介護施設、この部屋は団らん室、さっきの女は介護士で、私は十五歳でも三十七歳でもない、もっともっと長く生きてきた、今話しかけてきただれかとおんなじような、おばあさん。

団らん室の隅に座っている介護士を呼ぶ。さっきの人ほど若くない女性がやってくる。

私は部屋まで連れていってくれるよう頼む。女性は車椅子を押し、私を抱え上げてベッドに寝かせる。

「すみません、そこの引き出しに、ノートとペンがあると思うの」

介護士さんは、ベッドのわきのワゴンから、言われたとおりノートとペンを取り出して私に渡す。

「ベッドを高くしてくださる？　どうもありがとう。覚えているうちに、やっておかなきゃいけないことがあるんでね」

「何かあったら、また呼んでくださいね」介護士さんは笑顔で言って部屋を出ていく。

私はベッドに座り、ノートを開く。意識がはっきりしているうちに、書きつけておかなきゃならない。残すものをだれにあげるか。たいしたものは持っちゃいないけれど、それでも私からの最後の贈りもの。婚約指輪と、それからシンガポール旅行で買ったルビー。これは、隆広のお嫁さん、紀和子さんにあげよう。留め袖と訪問着、それから母にもらった刺繍帯は、娘の千絵に。最新型ミシンは、カヨちゃん宛てに送ってもらおう。オーダーメイドのツーピース、すごくいいわね、ってトモちゃんが言ってたから、これはトモちゃんに。……ああそうだ、カヨちゃんもトモちゃんも、もういないんだった。じゃあ、両方とも、サキヨさんにあげようか。

そんな名前が出てきたことにびっくりして、私はノートから顔を上げる。

サキヨさんは、夫の恋人だった人だ。いつからいつまでつきあっていたのか、正確には知らない。私にばれてから、夫は別れたと言っていたけれど、本当は切れていなかったんじゃないかと思う。ずっと憎んでいた。四十代、五十代と、ことあるごとに思い出し、顔も知らないその人のことを憎んで、呪ってきた。あんなにだれかのことを強く憎んだことなんかない。電話で話したことが一度だけある。夫の葬儀に出たいと言ってきたのだ。もちろん断った。ずいぶんな意地悪も言った。だれかにあんな意地悪を言ったのも、あれが最初で最後だ。

今だって許してなんかいないのに、私は、幼なじみにあげることのかなわないものを、彼女に贈ろうか、なんて考えたのだ。いったい、どういうんだろ。

私はノートに目を落とす。ゆがんだ字が、白い紙の上をのたくっている。面倒になって、ノートを枕の下に押しこみ、寝転がる。目を閉じる。眠ろうとしなくても、すぐに眠りはやってくる。

会っておけばよかったな、サキヨさんに。そんなことを思う。今会えたら、訊きたいことがわんさとある。ねえ、夫の、あんな太った禿《は》げちゃびんの、どこが好きだったの？夫のしてくれたことでいちばんうれしかったのは何？　夫からもらったもので今も大切なものは何？　夫のどんなところが嫌いだった？　どんなことで喧嘩をした？　あのね、私はね……。


遠くで私を呼ぶ声がする。

さゆりちゃん。さーちゃん。おかあさん。おばあちゃん。おい、おまえ。さゆりさん。ねえ、あなた。

呼びかたはさまざまだけれど、そのすべて、私を呼んでいるとわかる。

うっすらと目を開ける。今日は、自分がいくつで、だれかということが、思い出そうとしなくても、わかる。私は小山さゆり。嫁いで新田さゆりになった。子どもは二人。孫は三人。次の誕生日で七十七歳になる。でもたぶん、それまで生きることはできないだろうことも、なぜだか今日ははっきりわかる。それからもうひとつわかること。私は何ものでもない、ってことだ。七十六年と九カ月生きた、さゆりと名づけられた、ただのだれか。

また、私を呼ぶ声。花のにおいもする。これは百合。百合の花のにおい。顔を傾けると、思いのほかたくさんの人がいて、びっくりする。いったいどうしたっていうの。何があったんだろ。

隆広がいる。隆広の隣には紀和子さん。ランドセルを背負った亮と、ミッキーマウスのカチューシャをつけた愛もいる。愛ったら、なんでそんなものつけているの。ああ、そうか、それはおばあちゃんが買ってあげたんだったね。亮のランドセルもそうか。おばあちゃんが贈ったんだったね。首を反対に傾けると、今度は千絵が目に入る。千絵と、千絵のダンナさん。ダンナさんの腕には、里奈。里奈は一歳になったんだっけ。里奈が着ているワンピース、最新型ミシンで私が縫ったんだ。千絵ったら、あげたときは流行遅れなんて言っていたけれど、見なさい、やっぱりかわいいじゃないの。千絵の首には、真珠のネックレスが光っている。結婚祝いに私があげたもの。揃いのピアスはどうしたの？　まさか、なくしたんじゃないでしょうね。

そして千絵の後ろにいるのは……カヨちゃん、トモちゃん、あなたたち、きてくれたの。なんだかぜんぜん変わらないわね。カヨちゃんは髪が細いから、三つ編みが針金みたいになっちゃうのよね。トモちゃんの右頬にえくぼができるのも、中学生のころのまんまね。あなたたち、何をそんなにおかしそうに笑っているの。二人の後ろで笑っているのはだれだろう？　わかった、あなたがサキヨさんね。会ったことないけれど、すぐにわかった。きてくれたのね、ありがとう。あなたと話したいことがたくさんあるんだけれど、ここじゃちょっと……まだ帰らないでいてくださいね。あとでゆっくりお話ししたいから。

隆広のほうを見遣《みや》ると、どうしたわけか、あの人までいる。私の夫。あらいやだ、あなた、サキヨさんきているわよ。そんなところに突っ立っていないで、お話ししたらどう。それになあに、その格好。そのストライプのシャツ、あなたには若すぎるわ……いやだ、それ、私があげたんだったわね。ほらデパートで、若い店員さんにすすめられて、若々しくていいかもしれないなんて、リボンをかけてもらったんだったわね。まだ持っていたの。

開いたままのドアから、さらに人が入ってくる。驚いて私は目を見はる。おとうさんにおかあさん。それにアキねえちゃん。ずいぶんと久しぶりじゃないの。どこで何をしていたの。

まあ、大集合ってわけね。めずらしいことがあるものだ。みんな、にこにこ笑っている。

顔を見合わせ、何か言い合っては笑い、かがみこんでは私に何か話しかける。けれど、何を言っているのか私にはわからない。声がちいさすぎて、聞こえない。もう少し大きな声で話してちょうだい。

そうだ、みんないるんだから、ちょうどいい。忘れないうちに、みんなに伝えておかなくちゃ。

私はベッドの手すりを握り、起きあがろうとする。今日に限って体が重く、上半身すら起きあがらせることができない。いいの、寝ていて、と紀和子さんが仕草で伝える。そう？　悪いわね。じゃあお行儀悪いけど、このままでいさせてもらうわ。

あのね、みなさん、このノートに、私からみんなに渡したいものが書いてあるの。そんなもの、いらないっていうのもあるかもしれないけど、どうかもらってちょうだい。

千絵がかがみこんで何か言う。なあに？　もっと大きな声で言ってくれなきゃ、わからない。

おかあさん、私たちもうなんにもいらないわ。もうなんにもいらないのよ。じゅうぶんもらったんだから。

千絵はそんなことを言っている。

じゅうぶんもらった？　私から？　そんな、たいしたものはあげてないじゃないの。

――そう言おうとしたとたん、山道で急に霧が晴れるみたいに、さまざまなものが目に浮かんだ。本当にさまざまな、たいしたことのないものや、たいしたことのあるものたち。

ランドセル、エナメルの黒い靴。髪に結ぶリボン、ろうそくののったデコレーションケーキ。レコードに本。ずっとほしかったワンピース。腕時計に、万年筆。高層ビルから見下ろせる夜景に、やわらかい接吻《せっぷん》。婚約指輪、そうして誓いの言葉。結婚式のヴェールに、手縫いのドレス。新型オーブンに、温泉旅行。子どもたちのちいさな服。私を描いたへたっぴな絵。車の助手席、レストランのフルコース。カーネーションと安っぽいエプロン。シンガポール旅行。ダイアモンド。帯と帯留め。つたない字で書かれた手紙。

祖父母に、父に、母に、姉に、友人に、恋人に、夫に、子どもたちに、孫たちに、この七十六年間、もらってきたすべてのもの。それらが、驚くほどの鮮明さで、目に浮かんでは消えていく。あなたたちからもらったほど多くは、私はあなたたちにあげてやしない。そう言おうとして、私は気がつく。

ねえ、あなたたちにもらったものすべて、今、なんにも手元にないわ。どこにいっちゃ

ったんだろ？　ランドセルも万年筆も、エプロンも、ダイアモンドすらも、今、私は持っていない。なくしちゃったんだわ。だれかからもらって私が今も持っているものといえば、さゆり、というこの名前だけ。いやだ、あなたたちにあげるものが、もうなんにもないじゃない。名前はあげるわけにはいかないし……。ねえ、おかしいわね、私、みんななくしちゃったわ。せっかくもらったのに、ごめんなさい。

私の告白を、みんなにこにこして聞いている。それで少し、罪の意識がやわらぐ。よかった、みんな怒っていない。みんなにもらったもの、何ひとつ持っていない私を、責める様子もない。みんな、今日はいつもより上機嫌なのはどうしてだろう？　だれかの誕生日とか、記念日だったかしら。だとしたら、私、贈りものをなんにも用意していない。

いいんだ、かあさん。おれたち、もうじゅうぶんもらったんだから、もうなんにもいらないんだよ。

隆広が、千絵とそっくり同じことを言う。

ねえ、隆広。呼ぶと、隆広は私に顔を近づける。つるつるの頬、乾燥した唇、日向《ひなた》と草のにおい。大人になったはずなのに、まだ子どもみたいな隆広。

みなさんにきていただいたのに、悪いんだけれど、眠くってしょうがないの。ほんの少しだけ、休ませてもらっていいかしら。ごめんなさいね。贈りものをなんにも用意できなくて。みんなからもらったものを、全部なくしちゃってごめんなさいね。

いいよ、いいから少し休みなよ。

みんなが口々に言い、私は周囲をぐるりと見まわす。父、母、姉、友人、夫、子ども、孫、そしてサキヨさん。窓からさしこむ陽に照らされて、みんなにこにこ笑っている。笑顔が光っているように見える。私は心の底から安心して、目を閉じる。

ひた、ひた、ひたと、あたたかい雨が顔を濡らす。あら、お天気雨。腕にも、足にも、ひたひた、ほたほたと、やわらかくあたたかい水滴が落ちる。それはちっとも不快ではなく、私の安心をよりいっそう深くする。乾いた土に吸いこまれるように、雨は私の隅々に染みこみ、うるおす。ああ、気持ちがいい。雨に濡れるのって、こんなに気持ちのいいものだったのねえ。私はそう伝えるために、薄目を開く。そうして、私の全身を濡らす水滴が、雨ではないことに気づく。私を取り囲む全員が泣いている。涙が私に降りそそぐ。みんな、お天気雨みたいに、笑いながら泣いている。

名前とおんなじに、決してなくさない、最後の贈りものを受け取っていることを私は知る。

全身の力をふりしぼって、私は言う。
ありがとう。

あとがき

角田光代

いちばん心に残っている贈りものはなんですか？　と、先日訊かれたのですが、私はとっさに答えることができず、考えこんでしまいました。あまりにも長く、真剣に考えこんでしまったので、相手は、その質問をしたことを後悔しているようでした。もっと軽く答えてくれればいいのに……と、思ったにちがいありません。私も、真剣に考えこみながら、おんなじことを思っていましたから。かんたんに、さっと答えてしまえばいいのに、何をそんなに考えこんでいるんだと、自分でも、なんだか恥ずかしかったのです。

なぜ答えることができなかったか、というと、じつは、その質問で真っ先に思い浮かんだのが、はじめて男の子から贈られたぬいぐるみだったからなのです。十八歳のとき、クリスマスにもらったもので、じつのところ、私はその男の子のこともさほど好きではなかったし、ぬいぐるみに至っては、困った、以外の感想がなかったのです。人形、ぬいぐるみの類《たぐい》が私は好きではなく、けれど顔がついているものを捨てるのは、なんとなく忍びない。それで、捨てるに捨てられず、自分の部屋に置いておいたのですが、いかんせん、ぬいぐるみが自分の部屋にあると、なんだか落ち着かない。本当にその男の子には申し訳ないんだけれど、そのぬいぐるみは、たいへんに困った贈りものであり続けたわけです。

なのに、心に残った贈りものとして、真っ先に思い浮かんだのが、それ。そのぬいぐるみはもう手元にありませんが、驚くべきことに、毛の色、顔つき、手触り、大きさまで、はっきりと思い出せました。けれど相手が期待している質問の答えは、そういうことではないらしい。うれしくて心に残っているものは、じゃあなんだろう。次の瞬間、子どものころから今までに、人からもらったじつに多くのものが心に浮かびました。本とかゲーム機とか台所用品とか服とか、小学生のころ父親にもらった鉛筆削り器まで。欲しくてたまらなくて、もらったときに万歳をしたいほどうれしいものも、（件《くだん》のぬいぐるみのように）どちらかというと予想外で困ってしまったものも、あります。

そのとき、私はなんだかわからなくなったのです。贈りものってなんだろう。私が覚えているのは、品物であり、同時に品物ではない。それをくれた人、くれた人との関係。どちらかといえば、そちらをより濃く覚えています。好きではないぬいぐるみを、なぜいちばんに思い出したかといえば、困ったからではなくて、はじめて男の子にもらったものだからだと、思い至りました。そうすると、私たちが受け取る真の贈りものは、物品ではなく、そのほかの何か、ということになるのではないか……そんなことを考えてしまったから、私はなかなか答えられずにいたのでした。

じつは、今でもその問いに、私はうまく答えることができそうにありません。私たちが人からもらうものは、ぬいぐるみやアクセサリーばかりでなく、言葉や、ごちそうや、空気や、笑顔、そうしたものも含まれているに違いなく、だとすると、人との関係性がそれぞれ異なるように、それぞれ心に残るその残り方がまるで違い、並列して考えて「いちばん」を出すことが、とてもできないのです。

生まれてから死ぬまでに、私たちは、いったいどのくらいのものを人からもらうんだろう。そんなことを考えながら、毎回文章を書いていました。人はだれでも、贈るより、贈られるほうがつねに多いんじゃないかなと思います。品物は、いつかなくしてしまっても、贈られた記憶、その人と持った関係性は、けっして失うことがない。私たちは膨大なプレゼントを受け取りながら成長し、老いていくんだと思います。

毎回、松尾たいこさんの絵を楽しみにしていました。毎月届く、本当に美しく、どこか毅然とした松尾さんの絵は、たしかに私にとって、すばらしいプレゼントでした。

あとがき

松尾たいこ

女性が一生のうちにもらう贈りもの。

それがこの本のテーマです。月刊誌での連載が決まると、それから毎月、主人公の女性の年齢と、プレゼントされたもの（テーマ）が届くようになりました。わたしは一年間、毎月のテーマを楽しみにしながら絵を描き進めていきました。毎回送られてくるテーマはわたしにとって間違いなく大切なプレゼントだったと思います。そのプレゼントを受け取りながら絵を描いていくのは、本当にわくわくする体験でした。

最初に送られてきたプレゼントは、「名前」。

生まれてからはじめてもらう大切なプレゼントです。生まれたときの記憶はもう消滅しちゃっているけれど、最初に見た光景がこんな風にキラキラしてやさしそうだったらいいなあと考えて、絵を描いたんです。赤ちゃんに名前をつけてあげるというのも、お父さんやお母さんにそんな気持ちがあるからだろうな。わが子の目に見える世界が素晴らしいように、という気持ちから名前をプレゼントするんじゃないでしょうか。

贈りものって、決してかたちのあるものだけじゃない。かたちのあるプレゼントももちろんうれしいけれど、でも自分のこれまでの生活を振り返ってみると、かたちのないプレゼントもたくさん受け取っているんですね。

かたちのない贈りものは、姿かたちがないから月日が過ぎていくと、だんだんぼんやりと記憶のかなたに薄れていってしまいます。でもそんな贈りものの方が、実は心の中にひっそりとすみついていたりする。だからふとしたときに、記憶の井戸の底の方からふわっと浮き上がってきて、「あっ」と思い出すことがあるんです。

この一年間、プレゼントというテーマで描き続けた体験は、わたしが過去の人生の中でもらったプレゼントの数々を思い出していく過程でもありました。思い返せば、いろんなプレゼントをもらってるんですね。

中には迷惑だったり、独りよがりだったり、あるいは的はずれかなと思った贈りものもありました。そのときはうれしい気持ちなんかみじんもなくて、「どうしてこんなものをくれるんだろう？」と思ったんだけど。でも、そのときのその人の好意が今になってようやく理解できたということもありました。あのとき、もう少し喜んだ顔をしておけば良かったかも……ちょっと後悔。

逆に、贈ってくれた人にとってはほんのささやかな好意でしかなかったのかもしれないけれど、わたしにとっては素晴らしい贈りものだったという経験も何度もありました。その贈りものがきっかけで人生が開けて、あらたな道に踏み出すことができたというようなこともありました。

そんなふうに考えると、今のわたしは、いろんな人からの贈りもので成り立っているのかもしれませんね。

この企画では、ひとつのテーマをもとに、二人がそれぞれのイメージでそれぞれの作品を描いていきました。

だからテーマによっては、文章と絵がすごくはずれてしまっていたり、あるいは逆に偶然にもぴったりと一致していたこともありました。だから本文を読み進んでいただいたときに、「この絵は文章と合ってないぞ！」と怒らないでくださいね。同じ贈りものでも、受け取り方は人によってさまざまなんだと思います。角田さんは角田さんの気持ちでプレゼントを受け取って、わたしはわたしの気持ちでプレゼントを受け取って。でもその気持ちが時には交わり合ったり、時には遠くから眺め合うだけだったり。

だから難しくは考えずに、角田さんのひょうひょうとした暖かいまなざしのある文章と一緒に楽しんでもらえればと思っています。

最後のテーマを描き終えて、プレゼントということばについて再び考えました。

そしてこの本が、いろんな世代のいろんな生活を送っている、たくさんの人たちのプレゼントになれればと思って、ブックカバーを包装紙のようにしてみました。

この本は、角田さんとわたしから、あなたへのだいじなプレゼントです。

初出「小説推理」二〇〇五年一月号〜十二月号

角田光代《かくたみつよ》

一九六七年神奈川県生まれ。早稲田大学第一文学部卒業。九〇年「幸福な遊戯」で海燕新人文学賞、九六年『まどろむ夜のUFO』で野間文芸新人賞、九八年『ぼくはきみのおにいさん』で坪田譲治文学賞、『キッドナップ・ツアー』で九九年産経児童出版文化賞フジテレビ賞、二〇〇〇年路傍の石文学賞、〇三年『空中庭園』で婦人公論文芸賞、〇五年『対岸の彼女』で直木賞、〇六年「ロック母」で川端康成文学賞、〇七年『八日目の蝉』で中央公論文芸賞、一一年『ツリーハウス』で伊藤整文学賞、一二年『紙の月』で柴田錬三郎賞、『かなたの子』で泉鏡花文学賞、一四年『私のなかの彼女』で河合隼雄物語賞、二一年には現代語訳した『源氏物語』で読売文学賞を受賞。その他の著書に『タラント』『方舟を燃やす』など多数。

松尾たいこ《まつおたいこ》

広島県生まれ。約一〇年間の自動車メーカー勤務を経て三二歳で上京。セツモードセミナーに入学。一九九八年よりイラストレーターに転身。大手企業の広告などに多くの作品を提供、手がけた本の装画は三〇〇冊を超える。角田光代や江國香織との共著や、エッセイ、絵本も出版。イラストエッセイ『出雲IZUMOで幸せ結び』『古事記ゆる神様100図鑑』を発表するなど、神社や古事記にまつわる仕事も多い。それらの経験を通じ、火・風・水・土など神羅万象に神が宿るという古代日本の概念に共感。そのような世界感を、アクリルガッシュを使ってカラフルでポップな美しさで描く作風が幅広い世代から支持されている。現在、東京・福井・軽井沢の三拠点生活を送る。

公式インスタグラム https://www.instagram.com/taikomatsuo/

公式サイト https://taikomatsuo.com/

Presents

二〇〇五年十一月三〇日　第一刷発行
二〇二五年二月七日　　第九刷発行

著者　角田光代 小説
　　　松尾たいこ 絵

発行者　箕浦克史

発行所　株式会社双葉社
〒一六二-八五四〇 東京都新宿区東五軒町三-二八
電話 〇三-五二六一-四八一八（営業部）
〇三-五二六一-四八三一（編集部）
〇三-五二六一-四八二二（製作部）

印刷所　大日本印刷株式会社

製本所　株式会社若林製本工場

ISBN978-4-575-23539-5 C0093